把自己变强大，想要的都会有

半成锦 ——

著

天津出版传媒集团

作天津人民出版社

图书在版编目（CIP）数据

把自己变强大，想要的都会有 / 半成锦著. —— 天津：
天津人民出版社，2018.10
ISBN 978-7-201-13945-6

Ⅰ.①把… Ⅱ.①半… Ⅲ.①随笔 – 作品集 – 中国 –
当代 Ⅳ.①I267.1

中国版本图书馆CIP数据核字（2018）第184213号

把自己变强大，想要的都会有
BA ZIJI BIAN QIANGDA，XIANGYAO DE DOUHUI YOU

出　　版	天津人民出版社
出 版 人	黄　沛
地　　址	天津市和平区西康路35号康岳大厦
邮政编码	300051
邮购电话	（022）23332469
网　　址	http://www.tjrmcbs.com
电子邮箱	tjrmcbs@126.com

责任编辑	陈　烨
策划编辑	陈文文
装帧设计	仙　境

制版印刷	北京博艺印刷包装有限公司
经　　销	新华书店
开　　本	880×1230毫米　1/32
印　　张	7.25
字　　数	110千字
版次印次	2018年10月第1版　2018年10月第1次印刷
定　　价	39.80元

Contents
目录

第一章
不肯背叛自己的人，始终是笑着的

第二章
相比于社交，独处是一种更高级的能力

第三章
成长，是一边内心崩溃，一边铆足劲前行

第四章

无法选择出身，不代表无法选择人生

第五章
让优秀成为一种习惯

第六章
谁不是一边"丧"，一边热爱生活

第一章

不肯背叛自己的人，
始终是笑着的

年轻人，别对这个世界低头

今天跟朋友一起去看了贺岁片《乘风破浪》。

电影中有这样一个场景令人印象深刻。"正太帮"四个人聚在一起喝酒，小马正在为自己所做的事情不被别人理解而心情烦闷。坐在一旁的正太不屑地说："你的想法根本不成气候，看现在BB机这么流行，当然能攒多少就攒多少，靠这个发财是迟早的事情，要知道，这个世界是不会改变的。"从未来穿越而来的太浪拍着小马的肩膀，意味深长地说："这个世界会变的。你不属于这里，你该走了。"

正太的这句话很打动人。听完这句话之后，我竟莫名地对执导荧幕上这一帧帧画面的人，多了几分似懂非懂的理解和奇异的亲切。比起电影着重渲染的"亲情和解"的主题，它所隐含的时代变迁的主题令人更值得回味。

这个世界是会改变的。

时光荏苒，年岁更迭。所谓的时代，既是恒久，也是不变，既是因循，也是创新，既勾连过去，也指向未来。每个时代都有人屹立于潮头浪尖，成为引领一时风气的先锋人物，每个时代也有很多人随波逐流，汇聚成了历史长河，却也被岁月淹没。

每个时代都有它独一无二的特质、渊源、趋向、福祉、灾祸、制约、变数……人们组成了时代，造就了时代，推动了时代，却也同时被它束缚、戏弄、遗弃。

时代潮流浩浩荡荡，人既置身其中，也身不由己。

前一段时间，我把《极简宇宙史》和《全球通史》两本书列入了我的阅读计划。它们能够赋予读者全新的视角以审视人类群体及世界。通览人类的发展，从史前直到二十一世纪，思接千载，视通万里，跨越无数个时代，这是一种震撼：从猿人的进化，到文明的诞生，再到辉煌的巅峰，随后逐渐衰落，继而重新崛起——人类是多么渺小，却又是如此伟大。每个个体明明只有不到百年的须臾光阴，却能聚合起改变历史走向的力量。营造城市，建立政权，从事生产，延续文明……创造这一切的是人，毁灭这一切的也是人。个体的生离死别、爱恨情仇，湮没在时代的洪流中，显得如此无关痛痒、不值一提。小人物的挣扎、绝望、痛苦，藏在厚厚的史册的边缘和角落里。一些人毕生所追寻的目标、所渴望实现的价值，不过是时代夹缝中微不足道、稍纵即逝的亮光；个体拼命想要留下的那一丝丝痕迹，也不过是时光更替中的一抹尘埃。

我们正在面对一个庞大的时代！

我们年少热血，也正在陷入世故的泥淖。经常听到身边的同龄人感慨，感慨自己不得不学会妥协：对现实妥协，对社会妥协，对时代妥协，对无法改变的无形规则妥协，对无法抗拒的宏观趋势妥协，对渊源有自的历史惯性妥协。于是乎，甘心的，不甘心的，顺应潮流的，激烈对抗的，都被时代扫平了。态度有千万种，但结果是一样的。

我见证过很多种妥协，也正见证着一些妥协：很多人挣扎于妥协和坚守的边缘，又在最后一刻无奈放弃了坚守。

我们无须对这种妥协嗤之以鼻，因为，毕竟我们在未来某一天，也会成为这样的人，甚至对自己的妥协心安理得。

只是，我们偶尔也要从大趋势、大洪流中暂时抬起头，思考自己的前进方向是不是所谓的美好前景，此刻的坚守是不是真的正确，当下的抉择究竟是让我们得到更多，还是会让我们失去更多。我们多数人似乎确实无力改变时代的大方向，当坚守无果时，我们通常会选择放弃，但没有人能剥夺我们思考和质疑的权利。

其实，选择对抗或是顺从，从来都不是多严峻的事情，甚至无所谓值不值得、正不正确。重要的是，在做出选择之前，我们是否可以通过自己的双眼和大脑，对全局有一个整体把握，而不是人云亦云、随波逐流。

这种思考本身，就是改变时代航向的力量。

因为有了思考，我们的对抗便不是背叛，而是"挽狂澜于既倒"；因为有了思考，我们的顺从便不是盲从，而是"识时务者为俊杰"；因为有了思考，我们更易于坚守人之为人的本质；因为有了思考，我们的选择将更加理智。不要总认为时代是个"黑洞"，我们无法抗拒其引力，其实，我们每个人都是组成时代的一分子。

别太轻易被蛊惑，别太轻易被说服，别太轻易就投降。

我们无法像太浪那样，通过一场梦穿越回过去，又带着对未来的觉知。我们无法准确地预测未来，因为预测也不过是一些猜想和假说。

我们无法笃定地说，我们才是正确的；我们也无法挺直腰板说，我们不屑落后于时代。

可有一点是毋庸置疑的：这个时代是会变的。机遇和风险一样多，精彩和变数一样多。新的时代随时都能开始，只要我们愿意启动它。

年轻不是为了追随时代的，年轻是为了创造时代的。大浪淘沙，乘风破浪。

亲爱的，你该走了。

△ 不肯背叛自己的人，始终是笑着的

看过这样一则报道。

某世界名校的高才生，在毕业后从事了某技术类工种。因为有一技傍身，事业倒也发展得算是有声有色。此新闻一出，引起轩然大波。大概是因为在旁人看来，这多少有些大材小用。对于当事人所选择的路，其父母则表示理解和支持。他们说："只要他快乐就好。"

在感叹他父母的教育理念如此开明的同时，我当然也明白，他的这一选择，看似云淡风轻，实则非常艰难。抛开世俗的评判标准，拒绝唾手可得的荣誉，坚定地追随自己的内心所向，这是需要勇气的。

旁人也许很难理解我们的一些抉择，但我们为什么非要求得别人的理解呢？生活是自己的，怎么活，怎么过，都是自己的事情，又何时轮得到他人来做评判。

如果我们都能活成他这样，毫无疑问，是非常幸运的。

最近时常听身边人说到学历和竞争问题，我对此也思考了很多。

社会要进步，肯定离不开竞争，而要保障有序的竞争，就必须制定一套普遍规则和客观标准。更何况，在商业社会中，陌生人之间的接触越来越频繁，要想迅速架起双方合作的桥梁，就必须遵循这些规则与标准。这样看来，学历就成了智力和能力的最好证明，因为它看得见、摸得着，有章可循。

于是，强者和弱者似乎便由此被区分开来，成功和失败也由此被贴上了标签。

关于学历的竞争，还可以往前追溯。我曾听好友津津乐道地谈起过一些"保研攻略"：本科最好读的是名校，跟研究生导师处

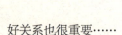

好关系也很重要……

其实何止是这样，学历竞赛在更早的时候就已经鸣枪了。我的小侄女如今还没到入学年龄，哥哥和嫂子就张罗着要送她到所谓的贵族幼儿园去了。

为了不让孩子输起跑线上，家长们投注了很多心血，甚至押上了所有的赌注。整个社会都弥漫在一种教育焦虑之中。

乍看上去，家长们的担心也不无道理。是呀，这个社会就是这样，不能没有选拔机制，这个世界就是这样，随时随地都有淘汰，总有一些人晋级，另一些人则出局。

"为了不被打败，只能打败别人"，我们从小就被灌输了"竞争意识"，并在"非赢即输"的思维模式中生活了很久。

这固然有教育资源不足的问题，但教育理念僵化也是重要的因素之一。

我们的年轻人为了在应试教育中胜出，就不得不"全面发展，不能有短板"，一早就压抑自己的兴趣和爱好。而国外教育更强调因势利导，注重培养年轻人的天赋，找到其优势爆发点。

通识教育固然重要，但也使得年轻人因为压抑了天性而毫无专长，从而产生无所适从的迷茫。

而更严重的一项弊端便是，我们会因为太看重来自他人的肯定，或太看重外在的评判，习惯于你死我活的竞争，而忘记了自己真正所求的是什么。

我们把别人的价值观误以为是自己的价值观，把别人的评判标准误以为是自己人生的评判标准，然后终其一生，只是在追逐一些别人所认可的东西。

曾读到过约翰·列侬的一段话："五岁时，妈妈告诉我，人生的关键在于快乐。上学后，人们问我长大了要做什么，我写下'快乐'，他们告诉我，我理解错了题目。我告诉他们，他们理解错了人生。"

第一次读到这句话时，我竟心有戚戚焉，因为我们从很小的时候开始，就不是以"是否快乐"而是以"是否成功"来评判自己的人生了。而成功的代名词，是学历、财富、名望、奖项，是各种各样的外在标签，是肉眼可见的种种光环。仿佛有了它们，我们的人生才有意义——它们真的有用极了，在这个不得不靠外在标签来彰显自己能力和身份的社会里，我们确实需要用这些

"工具"来开辟自己的人生道路。

可是，我们很多人却在争取这些东西的时候，失去了更宝贵的东西。

这些东西并不是真正的生命意义之所在。熟谙人性的人都应该明白，当我们取得这些所谓的成功之后，并不必然会换来安全感和幸福感，甚至往往是相反的。

是的，学历很重要，薪水很重要，职位、荣誉也很重要，但它们都只是生命维度之一种，而不是生命的全部，它们都只是获得幸福途径之一种，而不是人生的目的本身。

让我感到害怕的是，我们把手段活成了目的本身，把本该由自己赋予其意义的人生，硬生生按他人的标准活了大半生。

我们被他人评判，被社会牵引，然后被局限、被区分、被推动、被拉扯，被一些根本不理解你的人所影响、教导、说服，最终却发现，自己得到的与自己想要的背道而驰。

我们当然要积蓄力量，为自己创造必要的物质条件和竞争优势，但不要完全被别人牵着鼻子走，那是不可能获得真正的幸福和自由的。请时刻记着，走什么样的路，要由你自己来决定，容不得别人指手画脚。

　　木心老师的一句话，我记了很久："始终不肯背叛自己的人，
即便吃了很多的苦头，最终却可以笑着。"

　　愿我们都能一直笑着。

⚠️ 好人难做，但我们依然要做个好人

最近跟人聊起"罗××骗捐事件"，不禁想到很多问题：关于慈善的意义，关于信任的透支。

贪得无厌的欺骗者和毫无底线的幕后操手愚弄了大众，利用善良做着一本万利的"买卖"，于是"狼来了"的故事反复上演，公众的怜悯不断被消耗，公众的善意一再被利用。不得不说，公众对慈善事业的信任危机现在已经达到一定峰值。

信任破碎得悄无声息。

我们不仅无法坦然表达自己的善意，还要面临被欺骗的风险，

因为我们盲目的善意，很可能会成为一些不择手段的人满足一己私利的工具。

从此以后，我们很难不满腹怀疑，以警惕的目光打量一切。

我们很想做个善良的人，但是不敢。

有这样一则新闻。一名男子以收养了一千只流浪狗为名在海外进行募捐。他用这出自导自演的"苦肉计"赚得盆满钵满之后就销声匿迹了，事实上，他只是将那些狗寄存在某个教堂里，任它们自生自灭。

在这个新媒体时代，深谙营销之道的操盘手们越来越懂得怎样去吸引大家的眼球，怎样利用大众的善良来扩大影响。于是，慈善越来越真假难辨，假的怎么看怎么像真的，真的怎么看怎么像假的。难怪再善良的发心，都有人以最大的恶意去揣测、去中伤，去怀疑其是炒作和套路。

这怀疑并非毫无道理，因为大家都被骗怕了。在被新闻镜头遗忘的角落，在大众视野无法关照到的地方，一定有很多急需被救助的人。他们不懂得什么是营销、宣传，不知道怎样进行炒作、包装，他们的辛苦挣扎不会被看到，声嘶力竭不会被听到。他们是沉默的大多数。

想要获得更多的关注和关怀，就要想方设法站到舆论场的中央。不过，"注意力"也是一种稀缺资源，成为焦点既要靠运气，更要靠手段。很难说我们所看到的不是被美化过或编排过的，很难说我们所听到的，不是虚张声势和刻意打造的结果。我们所看到的，是别人想让我们看到的，我们为之感动的，是被别人蓄意加工过的。于是很多人开始信以为真，然后伸出援手，慷慨解囊。

"罗××骗捐事件"被爆出来是一场炒作之后，我将这一消息告诉了一个朋友，因为他之前曾为罗××捐过款，还在微信朋友圈分享了募捐链接。我问他知道真相后是否很气愤，他却显得十分平静："营销手段我可以理解，最重要的是那个女孩身体健康啊。"

他的坦然使我想起几年前跟两个朋友一起乘坐地铁的经历。

在车厢里，有个衣衫褴褛的妇人蹒跚地走到我们面前伸手要钱。我觉得有些尴尬，而身边的一个朋友却二话不说，非常自然地从口袋里掏出钱来，然后放在妇人的手心里。

同行的另一个朋友表示不屑："你是不是傻，如今的乞丐赚得比你都多！"那个朋友平静地说道："骗就骗吧，几块钱而已，几块钱对我们来说无关痛痒，但对他们来说可能就是救命的钱——万一是真乞丐呢？"

诚然，面对这种情况，信以为真的人没必要对他人施以道德绑架，不信的人也没必要谴责他人缺少一双"火眼金睛"。前者并不愚蠢，后者也不冷血，每个人都只是依据自己的人生经验和生活阅历做出了自认为最理智、最合宜的选择。

但我多少还是有些不忿。

毕竟，盲目地善良和施予也许会助长不劳而获的风气。

我所担心的是，如果"善有善报，恶有恶报"的原则得不到彰显，人们将越来越不敢施予善意，做好人将变成一件悲壮凄凉的事。不过，我还是要对善良的朋友们说：即便如此，做好人依然是有意义的。

我们无法选择我们生活于其中的世界和现实，也许我们终其一生都无法使它发生些微改变，但我们依然能选择不去做一个坏人。

不做伤天害理的事，不肆意伤害别人的利益，不做自己最鄙视的那种人。

我们要做一个好人，不是因为做好人可以被人感激，可以收获好处，而是因为我们可以活得心安理得、无愧于心。

善良不是性格，善良是种选择。在现实世界中，选择善良是需要勇气的。当看透了世界的阴暗面之后，我们依然要相信世间有善，即使被欺骗、被背叛，依然要坚守做人的底线，不改初衷。电影《熔炉》中有这样一句话："之所以有冬天，是因为要我们去寻找温暖；之所以有反抗，不是为了改变世界，而是不让世界改变我们。"

不要因为受过一次骗，就怀疑所有的人都是别有用心；不要因为受过几次伤，就认为很多事情背后都隐藏着不可告人的阴谋；警惕恶意，但不要以最坏的恶意揣测这个世界；不要因为被潮流裹挟，就不再试图改变这个世界；不要因为身处黑暗，就丧失了争取光明的勇气。

如哈维尔所说："我们坚持一件事情，并不是因为这样做了会有效果；而是坚信，这样做是对的。"

不怕世界满目疮痍，不怕真相不堪入目，怕就怕置身于其中的我们，在伤痕累累之后失望至极，失去勇气，不再相信善意。

这才是这个时代最大的悲剧。

我们要一如既往地相信，在这个世界上，美好多于丑恶，光明多于阴暗，欢乐多于苦难。因为相信本身，就是这个世界最大的希望。

人活着，总要坚信一些什么，遵循一些什么，懂得什么应该做，什么不该做，总要守住最后的底线，绝对不放弃一些原则。它未必有多么了不起的意义，却能提醒我们人之为人的本质所在。

哈维尔说："我一次又一次相信，在我们的社会中，仍然有着巨大的沉睡的善意。"

我们无法揭露所有的谎言，无法抵挡所有的伤害，但只要没有失去信心，这个世界就会因我们所有人心中那份看似愚蠢、看似无畏的微弱善意，而变好一点点。即使只是一点点，也是一种希望。

△ 不要做"量产美女"

前几天和亲朋好友聚餐，席间遇上了两位"学霸"姐姐。

其中一位温文尔雅且笑容甜美，虽然十年没见，也丝毫不觉得生分，另一位也是品学兼优且举止优雅，简直就是所谓"别人家的孩子"。

她们都极其出色，却又极其谦逊，明明跟我几乎算是同龄人，却有着超出其年龄的稳重，举手投足间，俨然大家闺秀，言谈时也不卑不亢。

我纵容自己喋喋不休的时机实在是寥寥无几，这一回却允许自己放下戒备，直抒胸臆。大概是因为我们经历相似，心境相当，大家畅所欲言，或推心置腹，或忍俊不禁，聊得分外投机。

两位姐姐身上有一种无形的吸引力，恕我着实难以抗拒。这种吸引力既不是因为妆容精致，也无关衣着艳丽，却如陈年酒酿，因历久而弥香。跟这样的女孩交往，真的是一种享受。

她们明明不施粉黛，却异常美丽。坦白来讲，在这个年纪，像她们这么有教养、有气质的女孩，实属少见。

我的微信朋友圈里有不少公认的美女，她们经常频繁地发一些自拍照。自拍照的背景各不一样，有名牌服装店的试衣间，有星巴克咖啡店，有高层海景房等。自拍主题也变化多端，有炫耀新发型的，有展示新做的美甲的，有展示新款口红的。无一例外，她们的相貌无可挑剔，也都美得中规中矩：大大的眼睛，高高的鼻梁，白白的皮肤，红红的嘴唇，皮肤紧致到看不见一个毛孔，妆容精致到没有一点儿瑕疵。或是清新淡雅，或是浓妆艳抹，真是风情万种。

美自然是美的，但跟前者的美终归是不同的。

前者不浮躁，不造作，落落大方，宛如深谷幽兰，即使略施粉黛，也绝对不失个人特色。她们的美是一种独特的风度，是由学识沉淀而来的修养，因眼界拓宽而来的谦逊。这种气质，是再美的皮相都赢不了的独一无二，是再精致的妆容都比不过的艳压群芳。

我们目之所及的美女其实非常不容易，她们需要在衣物和化妆品上投入大量的金钱和时间，所要掌握的知识量堪比重新读个大学。

说来惭愧，我在这方面向来很迟钝。我看不出口红颜色的细微差别，辨别不出名牌包的款式，对香水的味道也不够灵敏，更不知道各类时尚品牌的特点。我以前丝毫不想在这些事情上浪费时间，后来在家中长辈和女性朋友的建议下，也试图匀出点儿时间来，让自己活得更女性化一点儿。

前不久跟人聊天才知道，微整形现在已经悄然成为一种潮流，抽脂也从新闻事件变成身边朋友的亲身经历。

爱美是一种天性，这种天性在年轻时尤为强烈。20岁左右的我们，对美的渴望已经到达极致。趁着大好年华，想借助一些外力，让潜藏在自己身上的美肆意绽放，这实在无可厚非。

　　女性在穿衣打扮上，向来是很有天赋的。我曾目睹一个女孩从卸妆到上妆的全过程，真是让人惊叹不已：下巴轻抬，唇瓣微翘，手指灵巧地在皮肤上一遍遍涂抹，赤橙黄绿青蓝紫，或浓，或淡，一副让人神魂颠倒的妆容就此慢慢出现。

　　女孩当然应该努力将自己变得更美。悦人悦己，何乐不为呢？但是，教科书里从来没教过我们什么是真正的美以及怎样才能变美。这一切全靠自己摸索，女孩子们跌跌撞撞，不知走过了多少弯路。

　　记得刚上大学那会儿，我在穿衣打扮上下了不少功夫。我开始减肥，开始学着化妆，还非常留意服装的颜色和款式的搭配。我留了长发，烫了头发，打了耳洞，戴了耳钉，尝试着穿裙装和背带裤，也会看一些时尚杂志，学习美妆教程，恨不得一下子脱胎换骨，来个华丽转身。

　　现在回过头来看，觉得那时的自己蛮好笑。如果只是笨拙地模仿别人的打扮，故意把眼睛画得很大，故作老成地穿着尖头鞋，其实与真正的美相去甚远。

那时候的自己并无真正的时尚感，只不过急于摆脱自己身上的学生气，盲目跟随潮流，学画千人一面的妆容，购买一些流行的牌子。

虽然为自己当时的任性感到自责，但也渐渐看开了，这也许是每个女孩蜕变过程中的必经之路吧。因为只有通过反复试错，才能找到真正属于自己的风格。

我渐渐懂得了，很多事可以往前赶，唯独变美这件事偏偏急不得。因为一旦着急了，便极易沦为"量产"，在花团锦簇之中丢失自我。

如小说《罗生门》中所说，艺术和美都是一样，为了能够看上去最美，必须被整个时代的精神氛围和流行所包围。

反观今天，我们似乎来到了一个"量产美"的时代。

美仿佛成了一种可以被复制、被量产的外显表达，它只与身体美学而不是人格美学相关，它是人们竞相追逐的潮流。它速生速死，极易被获取，也极易被抛弃。

人们对美的本质缺乏深刻的理解，进一步窄化了美的含义：美就是大大的眼睛，白白的皮肤，尖尖的下巴，唇红齿白，叶眉水眸，身材细瘦。

但这种美是肤浅的，因为它忽略了个人特色，可以被肆意模仿。朋友提到一件事，真是让人忍俊不禁：她走在韩国的大街上，迎面而来的女性都是一字眉。

多数年轻女孩缺乏耐心，还没来得及沉淀和潜心修炼，就不知不觉接受了社会上通行的"美"的定义，步入了为成为美女而不断改善外在的怪圈。

比起浓妆，我更钟情淡妆，最好是素面朝天。出国多年，见的美女多了，我更倾心于那种不被时尚潮流所牵引，依旧坚持自己风格的美人。

在国外的大学生群体中，很少见到像国内同龄女孩那样穿着精致的衣裙、画着精致的妆容的，她们大都是腋下夹着书或笔记本电脑，手中捧杯咖啡，行色匆匆。穿着棉衬衫、牛仔裤、人字拖，戴着鸭舌帽，素面朝天的大有人在。

她们的美，自然流露，不事张扬。

她们能在讲解自己的作品时有条不紊，在陈述自己的观点时侃侃而谈，她们往往有着小麦色的皮肤，剪着极短的头发，身材匀称，小臂有力。

她们有违我们传统意义上美女的标准，但好看得让人挪不开眼睛。

美是生动的、鲜活的，是全方位、多角度的，而不只是一张精致的脸。

美不是一种外在呈现。真正的美是需要打磨、历练的，它和几笔妆容无关，和一抹唇彩无关，却和眉梢眼角的气质有关，和举手投足间的风度有关，和阅历有关，和学养有关。

真正的美不是模仿，不是跟风，真正的美是你的顿悟了然，是你的相由心生。素面朝天，不仅仅是不屑渲染、拒绝伪装，更意味着同真实的自我达成了某种和解。其实，追求满腹经纶或眉目如画都是一种自我实现需要，它关乎你真正想要成为什么样的人。

但愿淡妆浓抹不只是皮囊的美化，更是灵魂的滋养。找到属于自己的美，是一个漫长的过程。就像为寻得最适合自己的口红而反复试色一样，在找到那个最终答案之前，你需要反复拣择、反复取舍。真正的美，是对过去的总结、对当下的自信、对未来的承诺，是一种看似粉饰却最为直接的表达。而首先，你要对自己充满信心。这种自信不仅和美有关，而更多的，是和你有关。

△ 趁着年轻，多给自己出错的机会

大概是性格使然，我从小到大都很少提问。纵使被千呼万唤，也往往缄口不言。不过，我倒是非常羡慕那些在课下黏着老师问东问西的同龄朋友。

越来越觉得，不善于提问是个致命的缺点。不提问，就代表你真的没问题吗？当然不是！表面看来，是害羞的性格使然，实则是一种逃避。不愿丢脸的确很稳妥，但也拒绝了钻研问题、寻找答案的机会。

我最近几年也在有意改正这一缺点，逼迫自己去思考、去提问，虽然依旧不是最积极的那一个，但跟从前相比，已经大有改观了。更重要的是，当问题暴露出来之后，我的前进方向会更加明确，也能从别人那里获得宝贵的意见。

多亏这种胆大，我尝到不少甜头。

一开始，我的设计思路经常被全盘否定，后来，我变得驾轻就熟。因为敢于提问、敢于表达，我从导师和同学那里获得不少反馈和帮助。看似丢脸的事情，却让我在无形中受益良多。

我的心得是，越不怕出错，越能少犯错。

若是问我大学期间最深的感悟是什么，那就是这句话：永远不要害怕出错。

导师跟我们说过："在园林设计领域，学生时代是最为自由的。因为在这一时期，你的设计理念可以不受约束。当你真正从事设计工作之后，就会有很多顾虑。"

导师说得很有道理。在学生时代，我们可以肆意挥洒自己的才华而不必为之埋单，因为所有的方案都只是演练。一旦踏上工作岗位之后，就会思前想后，谨小慎微，开始落入一个怪圈：需要考察的内容越多，需要考虑的层面越广，就越是束手束脚，不敢贸然落笔。

这有好处也有坏处。好处是规范稳妥，坏处是禁锢创意。

也正因为如此，在允许出错的年纪，敢于出错就是一种很重要的品质。

听一位学长聊起他当年做设计的经历。每完成一遍草稿，他都会通过电子邮件向导师征询意见，每次收到导师的反馈，他都认真修改。偶尔，他的设计方案也会被全盘否定。沮丧有之，愤怒有之，但他依然坚持向导师征询意见。果然不负众望，他的进步堪称神速。他感慨道，学生时代是试错成本最低的时期，一定要抓住这个机会，勇于试错。在允许出错的年纪，绝对不能浪费机会。

勇于试错，说明你不屑于一直待在舒适区，重复之前的套路。一时犯错看上去很丢份，却能让你站在不同的角度思考问题，让你获得解决问题的新思路，积累更宝贵的经验。

就在上周，我约见了导师，希望她能对我的最新设计稿提一些意见和建议。

在看过我的设计模型之后，导师表示："这一类型的表达方式你已经用过好几次了，你明明可以做得更有创意的。"她随手抽出一块纸板，三下五除二就剪出一个荫翳的形状，提示我很多不同的创意，还嘱咐我完全不必拘泥于传统素材。

她说道："不要给自己设限，不要害怕犯错。只有敢于尝试，才能找到最适合的思路。"她的这番话让我受益良多，这确实是我的症结所在。

不过，说起来容易做起来难。我们的大脑有很强的惰性，它喜欢走捷径。为了省力，它通常会基于情感、记忆和既有的经验迅速做出判断。因此，突破思维局限、打破思维定式并不是一件容易的事。再加上我们为了节省时间、精力，避免出格、出错，通常会采用自己熟悉的方式，选择旧有的流程。

虽说熟能生巧，重复同一个动作也有助于把细节做到极致，使经验有所升华，但这只是匠人境界。在创意领域，那些重大的突破和进步，都源于冒险精神和试错精神。打破固有约束，转变原有状态，也许你会看到一个全新的自己。

出错不代表智商低，不代表能力差，它什么都不代表。更多时候，它反倒代表的是机遇、潜能、预见性、创新性，而这恰恰是这个时代最稀缺的。

前不久，朋友发过来一个视频链接。视频中的主角是来自乌克兰的女建筑师Dinara Kasko，她非常喜欢做甜点，于是半路出家，成了一名甜点师。

她的作品实在是让人印象深刻：不走柔美路线，而是非常现代，非常前卫的，艺术感十足。她的甜点作品带着浓浓的建筑风：涂鸦、抽象、几何、切割，棱角分明，形状各异，色块碰撞……

她说："美丽的蛋糕如同美丽的建筑一样，都需要精心地设计。设计甜点时同样需要考虑到体量、形式、比例、色彩、质感等众多因素。而当所有因素适当整合在一起时，才能产生近乎完美的作品。"

有人评论道：能有这种观念的建筑师，无论转行做什么，都能成为顶尖人才。我深以为然。

她的专业能力固然可敬，但更值得学习的是她的勇气。即使放弃了熟悉的行业，来到了全然陌生的领域，她也能不拘泥于传统手段，敢于实践，大胆创新，把在原来行业的理念带入新领域，凭借着热情和自信成为新领域的佼佼者。

　　敢于出错并不是屡教不改，在同一个地方重复犯错也不是毫不用心，只要不是因粗心大意而屡犯低级错误。敢于出错，是本着胆大心细的原则，不害怕将自己的问题暴露在别人面前，是敢于试错尝鲜，敢于另辟蹊径。

　　年轻的时候，不要总是墨守成规，一味模仿前人。不要惧怕他人的眼光，趁着还有时间和精力，多给自己出错的机会。

　　当你不再惧怕将错误示人时，你就已经先人一步了。

◁ 你要相信，你和他们不一样

有一个女大学生给我留言，说自己正面临这样一种情况。

大学伊始，她热情满满，制定了一个作息时间表，想要把生活和学习安排得井井有条。但她近来发现，周围的人对她的态度并不友好。每当她报名参加各类讲座，为各种课外比赛做准备，甚至每天早晨按时起床、外出跑步时，室友们就对她冷嘲热讽，大有排挤孤立之意。

她难免受到影响，心情低落，气势顿减。她一方面不愿意进一步恶化同学关系，另一方面又不甘心就此止步不前。于是在进退两难中颇觉迷茫，跑来问我该怎么办。

她让我想起了我的朋友红。

红就读于国内一所普通大学，从大一起就准备考研出国。然而在浑水摸鱼、潦草应付成风的学习氛围中，追求上进的人反倒成了异类。刻苦勤奋的她显得与周遭格格不入，不知被周围人泼了多少次冷水。她周围的人对她的评价是"心比天高"。

我清楚地记得，她曾坐在我的面前，很认真地对我说："我不知道自己是不是真的心比天高，我的确没有任何底气和自信反驳他们。但是，当他们不断否定我时，我就更坚定了自己的信念，更强烈地想要证明给他们看。"

于是，她咬紧了牙关，握紧了拳头，凭着一腔孤勇，想要证明自己的梦想是值得被尊重的。她知道，所有的人都在等着看她的笑话，她甚至能想象到未来的某一天，他们露出幸灾乐祸的表情，以居高临下的姿态对她说："你看，我就知道你做不到吧！"

那时候，她反复鼓励自己说："我和他们不一样。"

后来，红以优异的成绩拿到了一所世界名校的录取通知书，毕业之后，又在自己曾经实习过的知名外企任职。如今的她有车有房，年薪也相当可观。她已经不复当年的羞怯和窘迫，取而代之的是坚定、自信、不卑不亢。她已经成长为一位果敢、独立的现代女性。

她说她不敢回头细想那段艰难的时光，因为如果她放纵自己的记忆，那些被鄙视、被嘲讽、被否定的痛苦就会卷土重来。不过，关于自己是如何一步一步走完那段黯淡无光的岁月的，她一定印象深刻。

机缘巧合之下，她又见到了一位大学时代曾讥讽过她的同学，聊到彼此的近况，那位同学对她艳羡不已，语气有些酸溜溜的。

在一次谈话中，我曾认真地对她说："You deserve it。"

距离那次谈话已经过去很久了。她当年的那句听上去颇有自负嫌疑的"我和他们不一样"，对于今天的我来说，竟也成了一种激励和警醒。

我们总是喜欢藏匿于庞大的群体中，只和固定的人相处，逐渐形成了一成不变的生活方式和观念意识，甚至开始依赖群体的庇护。我们隐藏自己的个性，放弃自己的梦想，只为求得群体的认同，追逐肤浅的安全感。不知不觉中，我们产生了一种"大家都一样"的错觉。

但是，为了自己的尊严和骄傲，我们有时候需要有孤注一掷、破釜沉舟的勇气。

每个人的情况各有不同，我不会以红的经历为依据，鼓励给我留言的那位姑娘一定要坚持自我。我曾经以为这个问题只有两种选择：独善其身，或随波逐流。但我现在懂得了，这并不是一个非此即彼的选择题。事实上，我们是群体的一部分，势必要顺从它的内在秩序生存下去，有时候，我们需要追随群体秩序的引导，而有时候，我们却需要降服它。

我想说的是，我们和世界的关系是辩证的，我们受它影响，同时也能够影响它。

人当然要有定性，有坚强的意志和明确的目标，只有这样，才能保证自己不为外界因素所干扰，正如红所做的那样。然而，在正确认识自己和周遭环境的基础上，摸索出与外在世界更灵活变通的相处之道，也并不是一种妥协和退让。

走向成功之路并不必然是"苦大仇深"的。接纳自己的"不一样"，成全自己的"不一样"，以更稳妥的方式寻找改变自身命运的机会，也不失为一种智慧。

　　就像居伊·德波所说的那样，将个体的自主运动融入群体的宏观循环，实现真正稳定的、流畅的联结。

△ 在你自己的时区，一切都很准时

最近在网上看到一首英文小诗，开篇第一句就戳中了我：

New York is 3 hours ahead of California,

but it does not make California slow.

（纽约时间比加利福尼亚州时间早三个小时，但加州时间并没
有变慢。）

诗的结尾处写道：

Absolutely everyone in this world works based on their

Time Zone.

People around you might seem to go ahead of you,

some might seem to be behind you.

But everyone is running their own RACE in their own

TIME.

Don't envy them or mock them.

They are in their TIME ZONE, and you are in yours!

Life is about waiting for the right moment to act.

（世上每个人本来就有自己的时区。

身边有些人似乎走在你前面，

也有些人似乎走在你后面。

但其实每个人在自己的时区有自己的节奏。

不要嫉妒或嘲笑他们。

他们都在自己的时区里，你也是！

生命就是等待正确的行动时机。）

20—30岁的这十年，说长不长，说短不短，但却囊括了人的

一生中最重要的一些时间节点。

在这十年间，很多前辈已经例行公事似的体验过了从学校到职场、从结婚到生子的所有过程。他们会以过来人的身份，语重心长地叮嘱二十出头的我：这一路走来，多是平淡的日常，少有戏剧性的故事，一切似乎都是顺理成章；"但当你站在30岁的节点回望这十年的时候，就能辨认出你的命运轨迹究竟是在哪一刻转了向、改了道；每一种经历都是一种财富，就像地质层的演化一样，正是这所有的喜怒哀乐沉淀出了你这座人体景观的眼下地貌。"

在习惯了孑然一身的漂泊后，我很难想象在未来的某一天，自己真正落脚在某一个地方，同另一个人一起生活，形成亲密而稳定的关系。如何去经营两个人的情感，如何去负担两个人的生活，如何去平衡两个人的诉求，这对我来说，都是需要学习的功课。每当我试图规划自己未来十年的人生时，这些问题就会让我有一种窒息的感觉，我的胸口因为疯狂滋长的惊惧而堵得难受，每每此时，我才发觉自己对于时间的流逝是何等抗拒。

在说服自己接受年龄不断增长的这一事实时，我也总会有隐隐的不安。我想，女性对年岁的增长比男性更为敏感，我们需要有足够强大的心理支撑，才能坦然地接受时光流逝带给我们的失落感和衰退感，从而不再留恋、沉湎于过去，不急不缓地过好当下的每一天。

眼下，这个社会对单身女性还远谈不上宽容。在很多人看来，一位离异的或独居的精英女性的生活质量，可能还比不上一位家庭主妇，哪怕后者只是围于"几点一线"的生活，天天为生活琐屑而烦恼。恋爱、结婚、生子等经历，依然是评判一个女人的人生是否圆满的重要基准。

爱情、婚姻、生儿育女等事项，本来完全是私人领域的议题，现在却似乎成了一种不得不完成的任务，成了一种隐秘而强大的社会规则。到了情窦初开的年纪，我们自然会萌生爱意；随着年岁的增长和感情的深入，我们顺理成章地步入婚姻的殿堂；组建家庭之后，我们就会想哺育下一代，享受天伦之乐。这些环节都是在不知不觉间启动的，是生活自行推进的结果。但现在，它们却成了一种强制性的要求。如果你在"应该"恋爱的年纪没有恋爱，在"应该"结婚的年纪没有结婚，在"应该"生儿育女的年纪没有生儿育女，你就成了别人眼中的异类。我们忘记了自己的初衷，打乱了自己的节奏，只是在完成一些社会交给我们的任务。

这是一种世俗的观念。我们向往这些经历，是因为它们本身的吸引力，而不是外界的强制力。我一直在告诫自己：要尊重自己，坚持自我，不要为了迎合某些标准而去复制别人的人生，不要敷衍、草率地对待自己的生活，要学会跳出这套评价体系之外，冷静地看待自己，坦然地面对生活。

这是我近几年才逐渐体会到的乐趣：学着爱自己的脚下生风，也学着爱自己的步履蹒跚，学着爱自己的日升日落、月亮圆缺，也学着爱自己的四季翻滚、花落花开。哪有什么年少得志、大器晚成之说，毕竟人生各异，不分快慢早晚，不过讲究个时机得当。

我们不过都是在自己的时区里争分夺秒。

每个人在 20 岁出头的时候，面对着年龄的不断增长，多多少少都会有出于本能的慌乱。我们的身份开始转换，责任有所加码，面对如此种种变化，我们需要迅速调整和适应，主动承担起属于自己的责任。在这个过程中，我们难免会跟同龄人进行横向比较，因为争强好胜而心生波澜。其实，适当的反思是应该的，但大可不必太焦虑。

也许，我们大多数人的人生轨迹是大体相似的，但这并不意味着人人都处于同一个时区，拥有整齐划一的节奏。每个人都在自己的时间维度中，不能急躁，不容逼迫。

真正健康的发展，绝对不是揠苗助长，扰乱个体生命的生长周期，而是尊重其生命本身的韵律，让他依靠内在的驱动力自然生长。

我开始学着慢下来，摸索出自己独有的一套算法，来计算和安排生命的分分秒秒和各类时机。和缓地、自由地、愉悦地体验每一段学习和成长本身，就像一株植物一样，你有你的"落叶性"，我有我的"多年生"，不慌张，不嫉妒。

时候到了，该来的就会来，该有的就会有。

所以，请等一等，等着一场场你刚好能够承受的人生蜕变。

第二章

相比于社交，
独处是一种更高级的能力

你都不敢孤独，还谈什么卓越

19岁那年，我拖着一个装满全部家当的行李箱，告别家人，在十几个小时的飞行之后，抵达了这个陌生的国家，在这个可以用"地广人稀"来形容的城市落了脚。

这里的生活十分简单，也没有那么多诱惑。对于一些同龄的朋友来说，这里未免太过单调乏味，但对我这种对吃喝玩乐毫无兴趣的人来说，这里再适合不过了，因为我可以专注地做一些自己的事情。

为了节省房租，我住在距离学校大概一个小时车程的地方。

每天清晨四点起床，洗漱完毕，下楼煮鸡蛋、热牛奶，然后做一份简易的三明治和沙拉。我喜欢吃吞拿鱼罐头和莴苣，再淋上点儿番茄酱，简直是人间美味，永远都吃不腻。在这个过程中，我会戴上耳机，听着外文广播，看着天空一点一点亮起来。我一般不敢外放，因为怕吵到合租的几位室友。

吃完早饭，先做一些与课程相关的事情或是未完成的兼职工作，然后去赶巴士。在巴士上，我一般能看完一本书的三分之一到二分之一，这要视书的页码多少而定。专业课的安排并不紧凑，但内容却是逐年加深，以至于每学期都有人因承受不了巨大的压力而离开，学生人数也从一开始的数百人，锐减至如今的不足三十人。这样的学习强度也非常挑战我的身体状况：因为需要长期伏案工作，双腿出现了非常严重的水肿，肩膀和腰部也有不同程度的损伤。不过，温和的有氧运动可以稍稍缓解一下这些症状。于是，我强迫自己每天至少要慢跑半小时，哪怕再疲倦也不能放弃。

这些琐碎的、孤独的细节，组成了我全部的日常。

我曾收到过一份国际荣誉协会的入会邀请，因为没把它看成是太值得珍视的荣誉，就没有向亲朋好友提及。我独自一人去参加了颁奖典礼。当我站在台上，看着身边同样被授予奖章的同学们，都有亲友团在台下为他们欢呼、鼓掌，我还是产生了一种微妙的落寞。

离家久了，便习惯了自己同自己恩爱，自己同自己厮守，习惯了一个人品尝甘苦、消化悲喜。我把这视作一场生命的修行，但总有孤独难受的时候，于是，我就通过写作进行自我纾解。只有经历过疼痛，才能真正认清自身的缺陷所在，才能懂得如何去改善它。而我也渐渐允许自己表达柔软的一面，但前提是，这种表达是为了分享经验，而不是为了索取慰藉。

在面临相似的孤独时，每个人的处理方式都各有不同。

白跟我年纪相仿，他家境殷实，相貌俊秀，有着极其丰富的感情史。他厌恶独处、安静，以及任何缺少新鲜感的状态，热衷于享受一掷千金的快感，以及莺燕环绕、众星捧月的感觉。他会频繁出席一些色彩斑斓的聚会，从昼夜颠倒的生活中寻找各种乐趣。

对于我来说，这种生活方式很陌生。

我不知道他沉浸在这一片光怪陆离中，是否就能获得精神的抚慰，找到心灵的支撑。他大概正是因为太过孤独，才会这样用力地放纵自己吧。对我来说，这不是解脱，而是另一种形式的囚禁。

在最难熬的那段时日，我也曾经想过寄情于各种娱乐活动以排遣孤独。但我发现，愈是逃避孤独，就愈加孤独。经过与孤独的漫长抗争，我才发现，孤独不需要忍受，人可以安于孤独。

孤独是一种过滤，它能为你营造一个独立的、私密的、清净的空间。这个空间像一个隐秘而强大的磁场，不会被任何外力席卷，也不受任何外在影响。在这个空间里，你所有的情绪和念头都可以被一一拆解、整理、重塑，你内心深处那些晦暗不明的茫然、胆怯、愚蠢、冷漠，也会被温柔地对待。

在孤独中进行的自我审视，不是激烈的自我否定，而是冷静的深思。

独处的时间里，我曾喜欢放一些音乐，后来我觉得，让感官处于空白状态或许更好。我闭上眼睛，缓慢地呼吸，感受血液在身体里汩汩流动的声响，仿佛有什么青涩的、新鲜的、蓬勃的东西正在体内被重新孕育着。这个过程可以拓展人的感知，重塑人的观念，使整个人会变得清醒和平静。

孤独的确比热闹教会了我更多东西。最重要的一点就是，我开始正视自己对于陪伴的渴求，开始懂得平衡这种渴求与追求自我完整性之间的关系。

有些朋友非常反感别人在微信朋友圈里分享的图片和文字，认为这是一种虚荣心的体现。不过，我却不觉得有什么不妥，反而认为诸如此类的心态虽然略显轻浮，但也直白得可爱。但我离微信朋友圈很远。

也许是因为留学的经历使我错过了跟同龄人分享时尚心得的黄金年龄，我无法体会到身为女性在穿衣打扮方面能有怎样的满足感和愉悦感。直至今日，我依旧遵循着近乎粗糙，或者说足够精简的生活理念。我在脱离同龄群体的这几年里，渐渐形成了自己的价值观和金钱观：食能果腹即可，日用品以节省为要；买衣服时也只选那些结实耐用、穿着舒适的，虽然款式简单，但可以一穿几年而不觉得乏味；而日常开销的大部分，都花在买书和各类专业工具上。

一个人的生活就是这样，也许在外人看来这种生活太单调，但对我来说，却别有一般滋味。在长久的孤独中，能与人言者少，大多是同自己的心魔交涉、拉扯。独行无尽长路，唯有苦中作乐。它终将会变成一种对自我的成全。

不擅长交际，
那就炼出不必依靠交际的才华

昨天跟一个国际金融专业的前辈聊天。

聊到未来的职业规划时，这位前辈说："你要多多参加聚会，广交朋友。"看得出来，他思路清晰、目标明确。

聊到专业事项时，他又说："大学初期就要开始对今后的事业方向进行规划，要有选择地结识那些日后对你有帮助的人。"又是人际关系！

不同于前辈交游广阔、口齿伶俐，我坦言自己实在不属于长袖善舞之辈，于是前辈建议道："如果你做不成社交达人，就先练出不必参加社交的本事，等你的专业技能到了一定地步，自然可以招贤纳上，帮你处理你不擅长的事。学会扬长避短，也能实现效益最大化。"

这句话深深地触动了我。

优秀的社交能力的确是一种优势，但这并不意味着不擅长社交就寸步难行。

人际关系当然很重要，它是一种激励，更是一种学习途径。认识更优秀的人，可以敦促自己制定更新、更高的目标：从仰望、敬佩开始，理解，接受，模仿，到重塑作结，耳濡目染，春风化雨。

我本人并不擅长左右逢源之道，偶尔也会有用力过猛之嫌，所以，与其被人视为虚伪，干脆犯懒到底。这种行事心态也与我的朋友圈息息相关：我的朋友圈并不大，虽然时不时会有新朋友加入，但依旧算不上复杂。我至今都没有真正体会过交际的威力。

在某种程度上，这为我提供了足够的时间和空间来打磨自己的专业能力，却也失去了锻炼社交能力的机会——就像身体的某些官能，长期不用，就会逐渐退化。

　　而就在半年前，我微信通讯录中"朋友"的数量极速增长，有各类编辑、各类作者，还有很多读者。他们大多跟我简单交流几句，之后就又在朋友圈销声匿迹了。以至于到后来，我不仅忘记了分组，甚至忘记了备注姓名。对于这块人际关系的田地，我实在是细心不足、惰性有余，不曾好好耕耘，就只能等着它渐渐荒芜。

　　反观某个写作平台上的其他作者，他们建起了自己的微信读者群，不断在线上和线下跟读者进行各种交流和互动，做得有声有色。我当然很佩服他们，只是自己心无余而力不足。

　　在朋友的鼓励和家人的劝说下，也努力尝试变得更社会化一点儿，只是，依然不擅长曲意逢迎，也缺乏引导魄力。比起振臂一呼、应者云集，我更习惯藏身人后。即使偶尔能表现得左右逢源，事后也只落得身心俱疲。

　　前辈的话提醒了我。其实不必伪装，更不必勉强自己。成长的方式有两种，一种是先结交优秀的人，继而从中提升自我；一种是先提升自我，继而吸引优秀的人。方式不同，无关优劣。同理，人际关系可以为你的才华打造展示的平台，才华也可以为你带来优秀的朋友。

两相比较，我更偏向后者。能力和人际关系是呈正相关的，如果真不适合社交，就不必刻意在这件事上浪费时间。没必要特别强调人际关系的力量，它只有在能力达到一定程度之后，才能体现出最大优势的某类机会，绝非处于食物链底端之人的救命稻草。

才华是根基，人际关系是表象。正如自然而然盛开的花朵，顺应时节结出的果实，不必招摇，不必喧哗，自然有人为你驻足停留。

而浪费时间的表现之一，就是将本可以用来提升自身价值的时间，拿去换了那些看似能满足一时之需，实则脆弱无比的短暂关系。

这不禁让我想起期末作品的展示会。我的作品反响不错，有人在看后主动过来攀谈、咨询，其中一些还是这学期并未深交，甚至从未交谈过的同学。他们对我不吝赞美之词。大家有说有笑，无意间拉近了距离。

我深深地认识到，作品是最具说服力的社交名片，尊重是最有效率的社交心态。初出茅庐的年轻人可以不擅长社交，但一定要有能拿得出手的作品。哪怕并没有达到可以完全无视人际关系的地步，也一定要拥有可以昂首挺胸的底气。当手中握有了一定的筹码，才能有的放矢、厚积薄发，吸引机会。

一个朋友给我讲过这么一件事。毕业季，各大公司来学校招聘实习生。这位好友并未报名参加某公司的选拔，只是在门外等同学。机缘巧合之下，她碰到了面试官，其时正式的面试已经结束，她就跟面试官闲聊了几句，谁知寥寥数语，竟颇得面试官赞赏。

面试官当即向她伸出了橄榄枝："要来我们公司实习吗？"

事后我问她当时说了些什么，她坦言除了展示自己的专业知识以外，还运用了一些心理学技巧，颇合对方心意。其实我这位好朋友开朗纯真，并不擅长推销自我。但这一小小插曲，却绝非偶然。她平日除了学习专业课程之外，还阅读了不少心理学方面的书籍，融会贯通，很有心得，而且善于将这些知识运用到实际生活中。有人会说她只是运气好，其实不然。即使当时当日没有这样的"运气"，她也会在以后的某个场合崭露头角。

另一个销售经验非常丰富的朋友也坦言，人际交往中的所行所言固然重要，但上司和同事更看重的还是你的才干。而当她因一些私人原因要辞职的时候，上司难掩痛失人才的不甘，抛出提薪、升职等条件挽留她。在这种关系中，她自始至终都掌握着主动权。

所以，不必急着攀附所谓的大平台和贵人，比擅长交际更重要的是拥有一种不必依靠交际能力的才华。才华是最忠诚于你的，有了才华，幸运总会找上门来。

相比社交能力，个人专业能力的提升来得更缓慢、更艰难，必须下苦功、更用心。年轻人最忌本末倒置和心浮气躁。

不必强迫自己去谄媚，巴结，献殷勤。放低姿态当然必不可少，只不过，我希望我们有一天低头，不是为了乞求所谓贵人相助，而是真正源于内心的谦卑。

在此之前，为了能昂起骄傲的头，请先把头垂得低一些，再低一些。

无论仰仗多么光芒万丈的平台和贵人，也不如从现在开始，将自己打造成自己的神，将命运握在自己手中。

▲ 在不安的世界里，给自己安全感

搁笔的这一个多月，对我来说格外漫长。

有些借口或许可以被原谅，但归根到底还是因为懒惰和懈怠。不过，如今回头反思，我却非常感谢这段空白期。它让我挣脱了自我封闭的枷锁，缓解了因过度沉浸于自我世界而形成的冷漠、狭隘、僵硬、无知，以及混乱。

这是一场深入宝山的修行，是一次沉入深海的自净。

在这段停笔的日子里，我被加速剥离。高强度、超负荷、快节奏的工作、生活方式透支了我的身体。我仿佛被卷入了一个巨大的漩涡，无力抽身。

不得不承认，在极端的痛苦面前，语言是极其苍白无力的。在这段时间里，我体会到了来自各个维度的撕扯：荒谬绝伦的现实，不可抗拒的命运，孤立无援，欲言又止……我的钢筋铁骨早已锈迹斑斑，得失账目也算得一塌糊涂。正是曾经无比信任的经验，把我推入了绝望的境地。我不得不把自己盘根错节的精神根系，从身体里连根拔起。

我失去了赖以安身立命的依靠，被悬置在半空中。生活变成了毫无意义的时间之流，我不知道命运会把我带向何方。面对尖锐的命运拷问，我没有了将其诉诸笔端的闲情。我开始学着擦掉过去的答案，为其寻找全新的注解。

我当时想，如果把这种刻骨的疼痛抛置脑后，没有及时落笔成文，怕是会浪费自己的一番挣扎。但现在回头去看，那竟然是一种全然陌生的感受。

那时候，我不能正常进食，彻夜难眠。饮食管理日趋苛刻，睡眠时间也一再缩短。在高强度的工作中，我的身体机能猝然失调。我变得极其敏感、焦躁、易怒。想法越来越极端，情绪几近失控。潜藏在身体里的自我怀疑和自我厌弃，终于倾巢而出。

我从来没有这么绝望过。最让人感到恐慌的是，我竟然连自我修复的意愿也没有了。我仿佛被一劈两半，再难拼合。

我收拾房间、打理自己，更频繁地往返于各地，更卖力地投入工作，希望用忙碌来掩盖自己内心的灰暗。但是，这一次我无力自救。我越是封闭自己、压抑自己，内心的狂躁就反弹得越厉害。

离家多年，我本以为自己早已习惯这种漂泊感，但到了某个临界点，身体还是先于理性一步做出了反应，它仿佛在说："你被允许理直气壮地任性一次。不过，也只是一次而已。"也许是从那次之后，我才真正意识到，原来对于这场遥遥无期的漂泊，我自始至终都没觉得亲切过。我曾经背负着家人的期待离开故乡，远赴异国，开始了长久的漂泊。一声"就此别过"，从此再难回头。

我现在仍在康复之中。反思这段经历，或许是因为我太依赖书本上的理论，忽略了鲜活的现实生活。我的精神世界虽然足够坚固，但肉身躯壳却不堪一击。

电影《小森林》里的女主角市子说："语言总是不可信任，不

过用自己身体感受到的，就可以相信。"自此我才深信不疑，比起
有声的语言和有形的文字，身体反倒是最诚实的。身体是一个有
温度的介质，它能实现各种事件和物品之间的联结，黏合看似势
不两立的事物。

疼痛是值得信赖的，它确证了我的存在。

或者，我应该放缓自己前进的脚步，因为有些事是急不得的。
越是想强行扭转一些趋势，越是会遭遇更激烈的反弹。生活并不
总是高歌猛进的，我们应该允许它平缓一点儿，安静一段。我们
要学会忍受这种不安定感，然后认清这一片混乱背后的秩序井然。

△ 最好的生活，是冷冷清清的风风火火

　　我曾经是个非常胆怯、孤独的人，习惯一个人吃饭，一个人走路，一个人看电影，一个人去医院。旁人言笑晏晏，我却总是孑然一身。一个人走在路上的时候，我就常常低着头，或装作看风景。

　　记得两年前的某一天，我身体过敏，需要就医检查。室友陪我去了校医院，我竟十分感动。大抵是平日孤独惯了，一旦得了别人的照顾，就觉得无比温暖、无比幸运。

　　大部分时间里，还是只有孤独相伴。渐渐就从对孤独的抵触中涌出亲切来，开始学会了自得其乐：一个人走很远的路去看树，

一个人午后去写生，一个人做一些看似古怪却趣味横生的尝试。

我不喜欢热闹，甚至有些刻意疏远人群。不过，每一次置身人声鼎沸之中，我也会心生感激，但并不刻意寻找所谓热气腾腾的感觉。

人最好的侣伴就是自己，比起烟火划过瞳孔，不如内心绚烂缤纷。

突然想起木心老师说过的一句话：生活的最佳状态，是冷冷清清的风风火火。我深以为然。里尔克说得很好："寂寞地生活是好的，因为寂寞是艰难的，事情艰难，就使得我们更有理由为之。"

孤独是一种最能打磨人的心性的状态，因为它能让人专注下来，沉静下来。

独来独往、独立思考、直面自己的时候，往往能更专注于任务和目标本身。越是向外看，越容易失去焦距，只有当四周安静时，人才更容易走入自己的内心。

举例来讲，一天之内，我最喜欢的时光便是夜晚。在就寝之前或忙碌的间隙，周遭万籁俱寂，孤独感达到顶峰。或是万千创意突然涌入脑海，因嘴拙之故而依靠手指敲成文字，还担心文字跟不上思绪；或是全神贯注、无暇旁顾，头脑全被入目之物占据，只得设闹钟来提醒自己饮水。

给自己沉思的机会，同自己促膝谈心，这是最高效的成长，也能收获内心的满足。孤独感让人生出对生活的距离感，同时也让人生出对自我的亲密感。

也许是环境使然，我周围的姑娘个个独立至极、风风火火、潇潇洒洒，极爱单独行动。不必花费时间顾及他人，全然凭借个人好恶抉择。痛快，干脆，飒爽。

越发觉得，孤独不只是一种心理上的感受，更是生命修行的必经之路——身边那些优秀的人，并不会视孤独为洪水猛兽，反而会主动寻求并享受之。对他们来说，孤独不是一种孤芳自赏、遗世独立的姿态，而是最大化利用时间的方式。

它不是受罪，更像考验：它考验你的情绪控制能力和时间管理能力，考验你对任务的专注度和完成度，这无一不是心性的磨炼，无不值得仔细计划，无不需要自给自足。

此种孤独不同于孤僻，而是从独来独往中溢出的生命的自得。前一种孤独适合弱者，是他们被动逃避的借口；后一种孤独属于强者，是他们主动选择的方向。

叔本华在《论了解自我》中有这么一句话："高傲其实是卑微的折射，但是孤傲却是某种生存技巧。"

与其在过分亲密的关系中争夺个体时间，倒不如直接同他人保持一定的距离。我偶尔会这样想：我们是否留给别人的时间太多了？因为我们聚群而居，就不得不观察、揣摩别人的所思所想。如何交涉，如何维系人与人之间的关系竟成了大问题，都需要花时间去思考。

过从甚密的关系当然有其副作用，只是大部分人却浑然不觉。三毛在《简单》里写道："我们不肯探索自己本身的价值，我们过分看重他人在自己生命里的参与，于是，孤独不再美好，失去了他人，我们惶恐不安。"猝然失去群居生活的安全感之后，趋利避害的本能就会把我们拖入对孤独的恐慌。私以为，高质量的社交固然重要，但高质量的独处才是更坚固的生命基石。人行走于世间，总要坚守自我生命的阵地。深思，沉浸，回归，先安内，再攘外。

享受孤独并不是孤立于世界的决绝，而是对世俗人生的超越。

周国平老师在书中的比喻很是有趣："世界是我的食物，人只用少量时间进食，大部分时间在消化，独处就是我消化世界。"

真妙！读书，运动，安居，出行，生命的姿态有万千种，人身处于不同的情境之中，心情也迥然不同，但若是在任一动词前加上"独自"二字，就顿觉情趣盎然。此间安静敏锐，着实可贵。

当人处于群体之中时，会受利益立场和团体迷思的影响，感官是会变迟钝的。再加上嘈杂之声不绝于耳，人人试图挣脱油腻的人情尚不可得，更遑论消化自己的焦虑和不安。于步履匆匆中，给孤独腾出位置，是极其聪明的做法。

突然想起今天去墨尔本市博物艺术馆参观，无意间走进了一个伸手不见五指的房间。两盏顶灯在上方旋转，在黑暗中透出两束光，构成了一个洁白的光圈。人进入光圈之中，细光穿过手臂，变幻出了五彩斑斓。

我认为，从喧嚣走入内心，恰如从黑暗走入光下。当世界混沌、漆黑一片时，直面心中哪怕一丝丝亮，才能见肉眼所不可见，才能看到精神深处那微妙却真实的绚烂。

来，走到光下吧。

最无效的发言是嘶吼，
△ 最有力的对抗是温柔

今天坐巴士回家时，看到车上有一位母亲带着自己的三个孩子。老大老二非常乖巧，但小儿子却有些调皮，在安静的车厢里嬉闹不止。

我留意着母亲的表现，她有点儿难为情，我本以为她会厉声斥责自己的小儿子。没想到，她把他拉过来，轻轻唤了一声他的名字，然后俯下身去，跟他安静地对视了片刻。那个孩子低下头，安静了下来。

巴士到站后，小儿子主动牵起母亲的手，试图帮她拎起一个袋子，没想到却被哥哥们接了过去。母亲站起身，摸了摸小儿子的后背。他十分乖巧，紧紧跟随着母亲和哥哥们下了车。

这是很让人动容的一幕。

很多时候，声色俱厉的批评和拳打脚踢并不是最有效的教育方式。

斯坦福大学的实验人员曾经做过一个心理实验。他们把40个7—10岁的小男孩带到一个房间里，依次向他们展示五种不同类型的玩具，包括潜水艇模型、棒球手套、拖拉机小车、来复枪模型，以及最昂贵的机器人玩具。在借故离开房间之前，实验人员表示，孩子们可以玩前四种玩具，但唯独不能碰机器人。

实验组的孩子被严厉警告"如果不遵守规定，就会受到惩罚"，而对照组的孩子则被温和地告知"不要玩那个玩具，那样是不对的"。实验结束之后，两组的结果并无显著差别。但六周之后，当实验人员重新检测实验效果时，两组却出现了巨大差异：

来自实验组的几乎所有孩子都会违反规定，去玩机器人，而对照组只有不到半数的孩子会去玩机器人。

这说明，真正有效而健康的教育，往往是春风化雨般的引导，而不是强行压制。

父母对孩子的态度，势必会影响孩子的人格形成和未来发展。短期内可能看不出有什么不同，但长此以往，那些粗蛮的、强硬的教育方式，诸如惩罚和训斥，会激起孩子的逆反心理。如果能像对待成年人一样对待孩子，跟他们平等地交流，那么，即使是那些看似深奥的道理，也能被他们迅速接受。

世间之事，其实大都是这样：越是想取得立竿见影的效果，越容易适得其反。

如今，我们每个人都处于一种极度焦灼的状态，就像人人怀里都揣着一个火药桶一样。大家靠着社会规则的约束，维持着表面的客气和安静，但内心却充满了莫名的怒火，甚至潜意识里都在期待着导火索被点燃的那一刻，期待着可以名正言顺地发泄自己积蓄已久的负面情绪。

我曾在火车站排队取票，看见前面的队伍里有人在明目张胆地插队。后方的一个男子一语不发，在不予警告的情况下，直接朝他挥起了拳头。两个人一声不吭却激烈地扭打成一团，而周围的人纷纷退开，没有人试图上前说些什么以平息这场冲突。

大家的表情如出一辙，都带着幸灾乐祸式的冷漠。

似乎每个人都满腹焦虑，都没兴趣解决问题，而是放肆地制造问题。就拿网络暴力来说，每当有重大新闻发布时，很多网民就立刻选定了立场，备好了"弹药"，不惜用最恶毒的语言对素未谋面的新闻当事人大加讨伐。有人借机发泄情绪，有人借机煽动这些情绪。在虚拟的网络世界里，人们那些阴暗的、不顾一切地想要挣脱某种无形束缚的渴求被放大了。

这些激烈的情绪，美其名曰"真情流露""直抒胸臆"，其实不过是出口伤人、自我宣泄。我时常在想，在这个人人习惯被伤害也习惯伤害他人的时代，能够在保护自己的同时，以温柔的、平和的、理智的方式来对抗恶意，大概是非常难得的事情吧。

大概是受母亲的影响，我从小就对轻声慢语的人很有好感。小时候，家中每有客人造访，母亲就端出茶水和点心招待他们，之后，大家会围坐在一起聊天。母亲说话很温柔，从不会粗暴地打断或当面反驳别人，但总会恰到好处地、状似无意地道出自己的观点，语调不高却往往一针见血。

母亲曾经给我分享过她自己的心得："越是在一群人众说纷

纭、莫衷一是的时候，你越要保持沉默。"我小时候并不能理解这句话，后来才渐渐懂得，如果想让自己的声音被听到，最好的方式不是提高声音，而是将声音放低。

我所在的专业要求学生具备极高的演讲水平。我曾经学到过一种在短时间内迅速吸引听众注意力的方法，那就是在演讲的间隙做三到五秒钟的停顿。这是一个屡试不爽的、神奇的技巧。这个短暂的停顿往往能让那些思维涣散的听众重新集中起注意力，从而产生良好的效果。可见，那些真正的强者并不是依靠蛮力，而是善于以柔克刚、以退为进。

我喜欢跟态度温和的人交往，因为他们往往思路清晰且善于倾听，最重要的是，他们有沟通的诚意。他们往往语调平稳，态度诚恳，有着清澈的眼神，这些特质无一不给人一种暗示：他在跟你进行一场平等的、友善的交流，他会尽力表达自己的观点、理解你的观点，但他不会强迫你接受他的观点。

其实，做任何事情都是这样，往往是那些不急不躁的人能做到最好。他们时刻保持着冷静的头脑和从容的姿态，善于理解和接纳不同的观点，哪怕是表达反对意见，他们也能尽量做到礼貌和克制。越是这样，越能最大限度地影响别人。

　　曾经应朋友的邀请去旁听她的辩论赛。对方辩友说话都很慷慨激昂，每每台下掌声雷动，他们就更加情绪高亢，不由得加快了语速，提高了语调。朋友所在的队伍开场不利，但他们却非常冷静，不疾不徐地见招拆招，一来二去，对方辩友的气势明显颓败下来。最后，朋友所在的队伍反败为胜。后来她对我说："演讲需要激情，但辩论需要冷静。你越是冷静，思路就越不容易被情绪带跑，只有这样，才能保证逻辑清晰、条理分明。"

　　和颜悦色远比歇斯底里更能打动别人。时至今日，但凡遇到不顺心的事情，我都会有意地提醒自己要保持冷静和克制，以温柔的态度去对待别人。这是对别人的尊重，也是对自己的尊重。

△ 急，是一种弱者思维

最近在改稿子，忙得昏天黑地。长时间端坐在电脑前面，脖颈和手指都非常酸痛，更要命的是，改来改去总觉得不满意。

不承想越改越投入，一抬头已经是后半夜了。拖着疲惫的身躯，起身去喝水。看看窗外的天，月光皎洁，依稀见云。万籁俱寂中，想到每年都有这么一段忙碌的日子，既考验体力，也考验脑力，像一场场轮回。

去年这个时候，我也忍受着同样的煎熬：非常不愿意熬夜赶工，但又希望能腾出更多的时间，精心打磨一下自己的作品；只能一头扎进电脑，头脑昏沉，几乎忘记了时间；一心想把事情做好，但无奈身体不争气，总是出毛病。

那时候我对自己说："忍一忍，再忍一忍吧，过了这段时间就好了。"这些年，这句话就像护身符一样，陪我度过了很多个几近崩溃的夜晚。每当我快撑不下去的时候，我就对自己念叨这句话，仿佛眼前因此而有了一点点希望之光，这光虽然微弱，但已经足以照亮我前进的路。我很感激它。

我一度认为忍耐是一种懦弱，也曾在餐桌上当面向一位位高权重的先生发难，其时我怒不可遏、言辞激烈，差点儿落泪，现在想来甚是丢人。随着年岁的增长，我也逐渐明白勇敢和莽撞的区别。我非常擅长忍耐，如果忍耐是一种优点的话。不过，这也被很多人看作"好欺负"，而事实上确实有人伤害过我，我也因此吃过一些不大不小的亏，但远没有达到让我怀疑人性的地步。

我知道，忍耐是一种优秀品质，但忍受不是。适当露出一点儿锋芒，也是为了维护自己的正当利益。于是，我逐渐剥离了自己那温暾的外表，独独留下隐忍的内核，不舍得丢掉。

我越来越发现，很多让人抱憾终身的错误决定，都是在急切想摆脱焦虑和煎熬之际而匆匆做出的。很多当初沉重到难以忍受的苦难，事后回想起来，也不过是倏忽而逝的瞬间。

我们遇到的很多选择，其实生活都会给我们提示，时间都会给我们答案，但偏偏，我们缺乏等待答案的耐心和定力。

面对痛苦和迷茫时，也许我们最需要的并不是"再快一点儿"，而是"再忍耐一下"。忍耐，是另一种寻找的方式。

我想到一位"学霸"前辈。他就读于某名校，毕业后顺利到了某银行工作。这份朝九晚五的工作薪水并不算高，无法满足他的愿望，于是没过几个月，他就递交了辞呈，自己出来创业。但出乎意料的是，不到半年时间，他又重新当起了上班族，对这段创业的经历只字不提。这大概就是年轻人的通病：总是自视过高，想快速证明自己，一旦对初始状态不满意，就立刻改变方向，试图通过其他方法一举成名。我也经常听一些步入职场的朋友抱怨：薪水差强人意，职位不够理想，上司有眼无珠，想要跳槽，想要转行，想要逃走，等等。

不安于现状是好事，但盲目冲动只会徒增烦恼。有些人幻想了千万遍，蠢蠢欲动，但最终还是缺乏改变的勇气；有些人只是一味地想证明自己，却缺乏现实的考量；这都是要不得的。

我曾经做过园林设计行业的薪酬水平调查：国外设计师的薪酬水平会随着工作年限的增长和经验的积累而不断提升；毕业生的年薪往往少得可怜，但是工作几年之后就身价倍增，而且机会很多。可惜的是，很多人在半道就纷纷转行了。所以，不妨告诫自己，多忍耐一下吧，忍耐看似不公平的规则，忍耐看似不合理的事情，忍耐令人讨厌的现状，在想要掀桌子走人之前，请再忍一忍。

你之所以还未拥有很多东西，大概是因为你还配不上它们，你之所以还为一些问题苦恼，大概是因为你的阅历还不够丰富。不要害怕一时的困顿与拮据，因为它们迟早会过去的。

我们有机会改变，也有能力改变。毕竟，正因为梦想不会那么轻易被实现，才会吸引人们不断向前。

我每次去寺庙参观，都会留心观察那些香客。他们像修行者一样，双手合十，虔诚跪拜，垂目默然。他们大多心事重重，很少有喜笑颜开的，就像刚遇到了什么难事，来求神佛的庇佑一样。身边一些朋友对我常说的一句话就是：苦难会过去，咬牙忍一下就好。

我起初不理解信仰意味着什么，后来才懂得，信仰并不是被动和懦弱，而是心中有希望。有信仰的人深信悲伤会消散、痛苦会过去，深信一切都会变好。有了这种信仰，人们就能不动声色地度过一切危难，从容平静地忍受一切困苦。我们虽然不必有宗教信仰，但也可以学习信徒们的忍耐力。

很多时候，沮丧、急躁、不满等只是一些无效的情绪，它们只会让生活变得一片狼藉。很多时候，忍耐本身就是一种力量，它能让我们获得意想不到的好结果。最英雄的方式，不是只摘取生活中最美好的那部分，然后反复歌颂、回味，而是连它最不堪的那部分，也会温柔以待。

忍耐绝对不是消极逃避，而是为了给自己留出思考的时间，以做出更理智的决定。

几年前我出国的时候，几位长辈为我送行，他们说过一句让我印象深刻的话："年轻人要学会忍耐。"经验之谈，不可不听。而多年之后，我才隐约懂得了这句话。长辈不是叫我低头做人，不是叫我唯唯诺诺，而是为了让我懂得，很多事起初也许不尽如人意，但它不会持续太久的。

　　我无法向你承诺说忍耐就一定会有结果，也无法告诉你应该忍耐多久。我只希望你能做到，哭泣的时候，无助的时候，绝望的时候，可以不再奢求温暖的拥抱和依靠的肩膀，而是可以自己对自己说，这没什么大不了。

　　一切苦难都会过去的，之后，你会变得越来越强大。嘴上说着"都会过去"，它们就真得都会过去。

△ 请跟这个世界保持适当的距离

我这段时间深居简出，过着近乎与世隔绝的生活。

我减少了每天要完成的任务数量，但适当延长了完成每项任务所需的时间，同时增加了探索的深度，为的是克服自己的浮躁心理。

我会定期清理一下手机，只留下那些真正有助于学习和生活的软件，以及为数不多的社交软件。我会痛下决心，扔掉那些不再合身的衣服，因为我瘦了十几千克。我会试着给自己剪头发，就像回到了留着短发的中学时代一样。

我并不喜欢大刀阔斧地改变自己的日常生活习惯。我不反感稳定，甚至很容易对一成不变的生活方式产生依恋。突如其来的变化会让我没有信心，我需要花费很长的时间才能重新适应陌生的环境和新的节奏。

不过，我并不是贪图安逸。如果这种稳定不能让我获得持续的成长和提升，我宁愿改弦更张。很多时候，一个人想要有所成长，就必须打破原来的生活节奏。维持简约的生活是非常必要的，但也要敢于舍弃一些依赖。

距离能让人保持一定的敏锐，从而更专注地做一些事情。

庆山女士的《月童度河》一书中有一段话："人类社会，貌似科技进步，心灵的价值则在麻木与下坠之中。这可以通过一切发达的网络载体来搜索和显示。大部分社会中的人们，他们感兴趣的是什么，不感兴趣的是什么。明星微博上一句鸡零狗碎毫无营养的废话，转发无数。而有真知灼见的地方，寂寥冷落，反应稀少。"

这个世界太吵了，人们耳朵里充满了各种各样的声音，很容易被鼓动、被影响。我们一直在被群体的力量推搡着、裹挟着，这是非常危险的，尤其对于二十来岁的年轻人来说。我们应该认识到，我们其实并不需要那么多的建议和引导。

我们需要分辨出那些看似有用、实则多余的东西，将它们从精神上剥离出去，真正享受一段只与自己有关的岁月。学会自律、自爱，更要学会自愈。

在面临一些抉择时，我们要学会独立思考，而不是被别人的判断牵着鼻子走。别人所谓的成功经验，也许并不是他们所说的那样，也不是我们看起来那样，所以，我们无法复制别人的成功。我们要亲身体验生活的苦难，然后去追求、创造一些什么东西，而不是一味欣赏别人的成果。

我们要有自己的坚持，要独自去承受所有的成功和失败。为了完成这场修行，我们要独自忍受痛苦，反思自己，疗愈伤口，然后不断精进。不要抱怨，不要依赖，你只能步履匆匆。

我们就像一个个器皿，只有把自己腾空，才能重新接受和容纳新的东西。我坚信，在某种意义上，这个世界是公平的，你所舍弃的东西，必定会以另一种形式回到你的生活中，而你再次拥有的，一定是更好的东西。

有时候，我会刻意躲到一个没人的地方，独自去做一些事情。偶尔从人群中抽离出来，我会更容易看清自己内心真正的渴求，会减少一些不必要的牵扯和负担，甚至被平日的嘈杂所掩盖的一些创意和线索，也会逐渐浮现出来。

　　每当我在寺庙里看到那些虔诚的香客，就会颇为感慨：每个人大概都渴望拥有一份值得依靠和遵循的信仰吧，这样我们就可以向神明祈求宽恕、庇佑和祝福，但我们终其一生都无法求得圆满，只能于俗世中浮浮沉沉。

　　我们每个人都是宇宙的一个碎片，但各自的伤痛和快乐从来就不是互通的。没有谁能救得了别的谁，所以，我们必须学会从这个庞大的社会系统中将自己抽离出来，然后认清自己。

　　我们需要时不时地走到一旁，暂时忘记这世界。

第三章

成长，是一边内心崩溃，
一边铆足劲前行

△ 越努力，越安静

　　今天去新修建的市图书馆读书。它的位置很偏僻，距离市中心大概有半个小时的车程。图书馆周围是一片稍显空旷的区域，而馆内的设备则应有尽有，让人备感惊喜。

　　正值寒冬时节，窗外林木萧瑟，而室内却非常温暖，于安静中透出一种肃穆。我一向很喜欢图书馆、美术馆、科学博物馆等文化类公共场所。因为在这样的环境里，每个人都像被装了消音器一样，不得不保持沉默，而沉默往往会激发人的神圣感和虔诚感。

来这里看书的大多是老人，也有母亲带着孩子来的，偶尔还能看到同龄人。不同身份、背景的人齐聚于此，十分默契地共同捍卫着这份安静，让人非常感动。也许只有在这样的环境里，才能再次见到现代社会越来越少见的沉默和专注。

黎戈在《私语书》中写道："很希望自己是一棵树，宁静，向光，安然；敏感的神经末梢触着流云和微风，窃窃的欢喜，脚下踩着最卑贱的泥，很踏实；还有，每一天都在隐秘的生长。"

记得去年和朋友去墨尔本的州立美术馆参观。展馆规模非常宏大，有各类艺术佳作陈列其中。参观者都轻轻地蹑着步，在一片忘我的寂静中，感受着眼前不同年代、不同风格的作品带给自己的冲击。

我在一幅画前驻足良久，尝试去理解画家创作这幅画时的心境——这是很有效的鉴赏方法。再次抬起头时，我正好跟一位年纪相仿的女孩四目相对，两人都露出了会意的笑容。在那一刻，我能感受到对方的善意和惺惺相惜。

这样的片段虽然细碎，虽然转瞬即逝，但在我脑海中却留下了极其深刻的印象。

成长，是一边内心崩溃，一边铆足劲前行

我非常喜欢"每个人都是一棵树"的比喻，它将人生的精髓概括了出来：独自一人安静地、隐忍地完成从生到死的旅程，不去打扰别人。

在生命的初期，每个人都热衷于跟他人分享自己的内心世界，以获得他人的陪伴和理解。这种渴求是非常纯粹而珍贵的，因为它基于人们对这个世界最纯粹的善意和信任。不过，这种善意和信任会迅速消退，取而代之的是怀疑、戒备，以及愈发强烈的自我意识。我们开始避而不谈自己隐秘的内心世界，心照不宣地保持着适当的距离。

我觉得，这并不是坏事。

很多故事和情绪，并不适合同他人分享，甚至分享会让我产生一种惶恐，因为我发觉，一些话在说出口的瞬间，就开始面临被误解的风险。

前段时间放假回国，跟一众好友聚餐。席间一个朋友就炫耀起自己的成就，言语间颇有些自得，而有的人就显得很不耐烦。本来嘛，适当地展示一下自己的生活并无不妥，但也要考虑社交礼仪才是。这种太个人化的宣泄，往往会让别人感到不愉快。

成人世界里的很多规则，需要我们自己去揣摩和遵守，而不要等着别人出言提醒，否则就会陷入被孤立的境地。所以，我时刻提醒自己要保持恰到好处的沉默。这是一种保守、朴实而又不会让人反感的社交技巧，也是我所崇尚的人生态度。

多年前读过一篇故事。一位老人一生良善，去世前还特意叮嘱家人，自己的葬礼不要办得太热闹，因为会打扰到左邻右舍，尤其是住在同一座楼上，马上要参加高考的那个孩子。儿女们听从了老人的安排，没有在葬礼上敲锣打鼓，而是安安静静地办完了这场告别仪式。老人的一生沉静而温和，哪怕是到了最后的时光，也不愿给旁人带来一丝一毫的麻烦。

有时候，安静更能赢得人心。其实生活本来就不必太大声，否则，就会失去那种优雅和宁静，离真正的自己越来越远。

一个朋友感慨地说很怀念学生时代，因为毕业之后，他就无法毫不动摇地、心无旁骛地去追逐某个目标了。彼时虔诚、执着的程度之深，甚至让人觉得后怕。

确实是这样，少年人看上去性格跳脱，但其实杂念很少，反倒是成年之后，虽然看上去很稳重，但其实心有郁结，琐事缠身，没有几个人能做到无欲则刚。大家都在超负荷运转，在努力维持着自己的体面，比起"水滴石穿"，似乎每个人都更喜欢"立竿见影"。

三毛曾写道："我要你静心学习那份等待时机成熟的情绪，也一定要保有这份等待之外的努力和坚持。"

我曾把这句话反复抄写过很多遍，后来读到"知止而后有定，定而后能静，静而后能安，安而后能虑，虑而后能得"一句，更觉得两者有异曲同工之妙。这几年，我的一个重要体会就是：为了获得别人的理解和赞扬，而把自己隐秘的想法或私人经历和盘托出，这并不能缓解自己的孤独感，反而会让自己更加恐慌，进而陷入失控状态。

安静则不同，安静会给人一种力量，让人有能力把自己的欲望、情绪和信念等统合成一个内敛、稳定的人格，而专注是这一人格中最为强大的一部分。

因为没有外在的喧嚣，所以心里不会产生躁动，因为专注，所以不会流于表面功夫。沉默会加速一个人的沉淀，让他懂得如何谦卑以及为何谦卑。

少女时代曾读过亦舒女士的作品，对她那简洁而暧昧的风格，以及一些一针见血的金句印象深刻。记得她在《直至海枯石烂》一书中写道："做人凡事要静，静静地来，静静地去，静静努力，静静收获，切忌喧哗。"这正是我如今努力要贴近并达到的状态。我们要像植物一样安静，大多数时候都闭紧嘴巴，埋头做事，完成一轮又一轮的自我反思和调整，只偶尔奖励一下自己。

只有当我们静下来了，才会真正懂得如何去珍惜这仅有一次的人生。

△ 世界很浮躁，但我们要沉下来

假期回国时，有幸进入一家国内的公司进行实习。正巧赶上公司接了一个规模并不算大的新项目，在同开发商进行实地考察之后，前期分析便交由我来做。

我完成前期分析之后，就交给领导过目。

领导对我的工作表示了肯定，但在末了加了一句话："你做得很好，但没什么用。其实不用做得这么用心。"我稍稍愣了一下，领导叹了口气，继续解释道："像这样的小项目，快的话，大概一周就能搞定。即使你花费了很多时间和心思，开发商也未必会像你想的那么用心……"领导的话说得非常含蓄，这让我哭笑不得，心里有一种莫名的不甘。

跟国外相比，国内的园林设计行业始终没有形成良好的行业风气。由于甲方要求不高，所以乙方并不会竭尽全力、精益求精，即使在那些很有名的机构里，人浮于事的情况也非常普遍。很多前辈在刚参加工作时，都抱着想改变行业风向的雄心壮志，但最后却迫于同行和领导的压力，逐渐失去了热情和诚意，埋首于大量重复、琐碎的工作里。他们的眼里只有生意，心里只想着尽快完成这一单生意，然后迅速抽身，转而去挣下一单生意的钱。

我不知道该怎样评价这种现象，作为一个初出茅庐的新人，我也没有资格去指责这些前辈的态度和选择。也许，我们终究会变成他们那样的人；也许，我们的一些观念会摇摇欲坠，然后彻底塌陷；也许，我们终有一天会理解并坦然接受这种转变，可能是几年之后，也可能就是明天。但是，无论在何种情况下，我们都不要为自己的心浮气躁、侥幸心理找借口——我固执地这样认为，哪怕带着几分可笑的天真。每当有人对我说"做这件事情没什么用"的时候，我都会装作若有所思地暂停下来，但随即，我会继续去做这些在别人看来没什么用的事情。我很难摒弃掉自己身上的理想主义。比如，与其去衡量某些事是否值得做，不如把每件事都尽力做好。如果我们能够一如既往地满怀虔诚和希望，去完成或琐碎或伟大的事情，而不是功利地衡量其是否值得做，然后再采取行动，这将会是非常幸福的体验。

这几年的留学经历，其实非常艰难。我是一个很容易被环境影响的人，也时常因为太在乎结果而产生不必要的焦虑。于是，我常常提醒自己：不要抬头环顾四周，只要盯着自己脚下的路，用心走好每一步即可。我怕自己受到外在的诱惑而意志动摇，也怕自己太执着于结果而越来越感受不到过程本身的愉悦。

我会定期写一些以"沉淀"为主题的文章，用这种方式来警醒自己。我每天都会做一组深呼吸，将因为奔跑而被风吹乱了的头发整理好，将心头的一些朦朦胧胧的疑虑梳理清楚，然后问问自己：今天是否也心存感恩地、认认真真地完成了该做的事情？是否因为学到了新的知识、认识了新的人而由衷地高兴？

这样的梳理和反思让我觉得安定、踏实，有归属感，因为我知道自己依然保持着赤子初心，没有变成别的什么样子。

　　人总是自作聪明，以为自己能找到所谓的捷径，省略一些看似无用的步骤和细节，从而快速接近目标。但事实是，这样的人根本就不知道自己真正想要达到的目标是什么。

　　在几年前，我最不喜欢的就是慢吞吞地做事。我热衷于雷厉风行地做事，也对工作效率很高的人充满敬佩。但是在最近这一年里，我开始有意去放慢脚步。我发现，以不紧不慢的节奏和步调去做事，反倒能收到更好的效果。

　　朋友在这里的一家寿司店打工。那家小店位置稍微有些偏僻，但已经开了几十年，口碑非常好。这不是没有理由的，这家小店所用的原材料，从各类调料、寿司米，再到蔬菜和肉类，都是由老板亲自采购的，而且挑选的都是最优质的品种。这家店的成本自然会比其他寿司店的成本高，但是能把生意做到这种程度的人，已经不把赚钱放在第一位了。这种老字号，一般赚的都是回头客的钱，只有用真材实料，才能换来更高的忠诚度和回头率。

　　老板年轻时曾在日本待过很长一段时间，对寿司文化的精髓深有体会。她之后来到澳大利亚定居，开了这么一家小小的寿司店。餐饮店一般都开在黄金地段，但她却选择了远离繁华的一处角落，然后把小店经营得风生水起。每天关张之后，年过半百的女老板都会驱车去超市亲自选购最新鲜的食材，上万个日日夜夜，她都风雨无阻。她认真对待每一个经手的寿司，当天做出的寿司必须在当天卖掉，如果有剩余，她就让店里的伙计带回家去，绝对不会把隔夜的寿司卖给客人。

听了这位老板的故事，我不由地心生钦佩。

李宗盛先生说，专注做点儿东西，才对得起光阴岁月。

我最近一直在思考一个老问题：如何才能成为一个好的设计师？我的答案是：能力、思想和尺度的拿捏，三者缺一不可。能力和思想按下不表，先来说说尺度问题。设计师的尺度非常难拿捏，毕竟设计作品不等于艺术作品，它有商业属性，需要得到甲方的认可才行。因此，设计师不能一味表达自我，在坚持自我的同时，也要学会妥协。一个优秀的设计师一定会在理想和现实之间找准一个位置，平衡好商业和艺术的关系，将自己的专业精神体现在作品里。

很多时候，心踏实了，目标也就不远了。

△ 成长，是一个人的兵荒马乱

　　有一个期待已久的目标，今天终于达成了，我便第一时间告诉了父母，他们自然很为我高兴。相比之下，我内心里反倒很平静。可能是因为我已经为之消耗了太多的热情和斗志，以至于觉得这一结果是顺理成章的，反而不觉得惊喜。

　　有很多很多次，在某个时期或时刻，我会突然在生活中看到一些零星的闪光点，它们就像是某种命中注定的顿悟。我也会突然被一些潜藏已久的情绪所吞噬，它们往往激烈到让我难以承受。无论如何，这两者都成为我下一步人生方向的重要索引和契机。

但我无一例外地都错过了跟别人分享这些感受的最佳时机。它们就像是不应该被再次使用的一次性器物，任何一种方式的重温，都会给人不复清洁的感觉。

黑塞在《彷徨少年时》里写："我们命运内在的核心脉络就寄身在这些无人知晓的经历中。"

它们就是我的无人知晓的经历。

不久前接到挚友的越洋电话，两个人不知不觉聊到了很多陈年旧事。当我聊起自己当年的艰涩心事时，朋友觉得很难过，而我却觉得朋友的难过很奇怪。彼时的艰难岁月似乎很漫长，我仿佛下一秒就会彻底崩溃，但如今回头重温时，竟然也只是轻描淡写的寥寥数语。过去的事就永远过去了，哪怕当时再疼痛，也只是今日不值一提的谈资。

蒲松龄在《聊斋志异》中写道："……见一狞鬼，面翠色，齿巉巉如锯，铺人皮于榻上，执彩笔而绘之。已而掷笔，举皮如振衣状，披于身，遂化为女子。"我很喜欢这一段文字，它仿佛讲的就是我们自己。蒲松龄是天才，以鬼写人，写得入木三分。没有谁不是披着一张精心描摹的"画皮"，手忙脚乱地遮掩住心里的一场又一场兵荒马乱，只让别人看到自己的风华正茂、笑靥如花，不让别人看到那张"画皮"背后的苦心孤诣。

随着年龄的增长，我们会有越来越多不足为外人道也的曲折心事，这些心事会滋长、纠缠、郁结，甚至把我们逼到绝境。

我刚到异国他乡时，年纪尚小。因为自小养尊处优惯了，很缺乏独自生活的勇气和智慧。跟我一起合租的K则非常独立，她早已习惯了动荡和孤独，而且头脑极其灵光。我对她有隐隐的崇拜和羡慕。她在那段时间里充当了我的人生导师，给了我很多恰到好处的指引。

她曾经语重心长地对我说："人变得成熟的一大标志，是不再使用疑问句，而是开始使用肯定句。你要学会从一个提问者，变成一个回答者。"

这句话对我影响很深，至今想来也很有道理。当一个人不再向外界索要答案时，说明他（她）已经学会了独立思考，形成了自身的内在秩序。哪怕这些答案仍有偏颇、幼稚之处，也非常有价值，因为它们是与成长相关的。

也正是在听到这句话之后，我开始尝试划出自己的人格边界，尝试进行一场独自的修行。我开始学着自己去权衡事务的轻重缓急，去抓住一些改变的契机，以及随着各类突发事件调整自身的状态，找到自己生命的节律。

里尔克说过这样一段话："我们没有理由不信任我们的世界，因为它并不敌对我们。如果它有恐惧，就是我们的恐惧；它有难测的深渊，这深渊就是属于我们的；有危险，我们必须试行去爱这些危险。"我们要尝试去爱我们身体里的荒凉、冷漠和卑劣，只有这样，我们才能战胜恐惧，抵抗住漫长的岁月。

孑然一身的苦行，是另一种形式的自得其乐。孤寂能够成全我们。我本人并没有真正意义上的宗教信仰，但我却惊讶于信徒们的信念是如此强大。他们能够通过对引导者的爱和敬意，完成自我救赎。这是一种很奇特的状态。他们并不害怕那种令人窒息的寂静，因为他们坚信自己就能发出声响，且能收到某种回应；他们并不害怕一望无际的荒凉和贫瘠，因为他们总能为自己找到一片沃土，供自己种下希望；他们的精神世界很丰富，那里发生着不为人知但却异常深刻的蜕变；他们不必依靠话语来证明自己的人生是有意义的，因为他们的存在本身就是最好的证据。

他们强大到可以真正享受无人知晓的时光。

　　我越来越深刻地体会到，在自己的世界里耕耘比跟外界交流更有益。当你专注于自我修炼时，就不会惧怕一个人穿过辽阔的黑夜，因为你手里握着火源，它会成为未来可以燎原的火光。

　　愿我在一个人的兵荒马乱里胜者为王。

△ 真正富足的人，是不需要炫耀的

正好赶上一个短暂的假期，就跟几位朋友驱车出行。

在途中，同行的两位朋友侃起了中国历史。一个人负责正史部分，一个人负责野史部分，你一言我一语，引经据典，妙语连珠，将大段大段的历史故事讲述得精彩纷呈，再加上旁征博引的答疑解惑，着实让人大开眼界。

很多时候，我们无法在别人身上一眼看出的东西，恰是别人的特别之处。

想起以前跟另一位好友同行，路上遇到很多陌生的植物。没

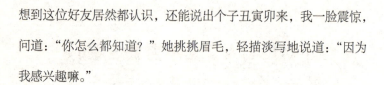

想到这位好友居然都认识，还能说出个子丑寅卯来，我一脸震惊，问道："你怎么都知道？"她挑挑眉毛，轻描淡写地说道："因为我感兴趣嘛。"

我非常佩服这样的人，他们平日里行事低调，但总能在不经意间展露出惊人的才华。譬如同学聚会时，大家一般会聊起各自的近况，总会有人非常高调地炫耀自己的成就，而那些在饭局上最沉默的人，往往才是成就最大的。

一个好朋友打来电话，告诉我他保研成功的消息。他保研的院校非常有名，这是很多人梦寐以求的机会。我替他感到高兴，而他却出奇平静，只是淡淡地说："我接下来还要准备很多事情……"我身边围绕着一群比我优秀得多的人，他们偏偏又非常谦逊。他们的波澜不惊并不是故作姿态，而是真的觉得不值得大惊小怪。

为了找一份兼职，我最近在重新整理自己的简历和作品集。整理好之后，我把它拿给一位经验丰富的前辈看，希望她能给我一些建议。她看过之后，对我说："现在，你要开始学着高调一点儿了，要懂得包装自己，知道如何展示自己的优点，好让别人记住你。"前辈说得很有道理，我们确实应该掌握一些技巧，学会以最简洁的方式，把自己的优势和经验最大限度地体现出来，因为别人正是通过这些东西来衡量我们的价值的。不过，我们也要懂得，我们终究不能以活成一份完美的"简历"为最终目的，因为当我们习惯了通过技术手段来美化这份"简历"时，就会产生虚荣和怠惰心理。

我会不时提醒自己，不要忘记自己身上那些别人看不见的地方，那才是值得用心打磨的部分，才是与众不同的部分。

那两位对历史知识非常感兴趣的朋友，她们的这些知识和见解未必能为她们的未来之路扫清多少障碍，但却能重塑她们的世界观，也能让她们获得内心的快乐。她们纯粹是出于兴趣，而不是什么功利的目的。一个人在自己喜欢的领域钻研到某种深度，其目的不是为了赢得别人的好评，而是单纯地为了讨好自己、迎合自己、忠于自己。也许，只有当我们有意识地去超越社会评价体系时，才能真正挖掘出自身的潜力。

我们不能总是为了某种目的而活着，我们有时也需要顺从自己的内心，给自己的兴趣以一定的成长空间。

当你拼尽全力时，
是没时间说给别人听的

以前，我是那种内在动力很足，但却不懂技巧，只会使用蛮力的人。在别人看来，我一定非常可怜：总是很努力，但结果往往差强人意。

也许是因为以前的经历给我留下了阴影，以至于很长一段时间里，我都特别不喜欢"努力"这个词。我最听不得别人说我"你很努力"，也不允许自己轻易说出诸如"我已经很努力了"之类的话，因为我总觉得这有安慰和自我安慰之嫌。

我认为，"努力"这个词往往是一种推卸责任的借口：当结果不尽如人意时，人们总是说"我已经很努力了"，仿佛只要努力了，就不必为最终的结果负责了。我以前很喜欢别人说我"你很努力"，现在我很讨厌以前的自己，因为我发现，越是想要表明自己很努力的人，越是缺乏恒心和毅力。他们不懂得坚持和隐忍，总是为了获得别人的赞美、鼓励和肯定，而急于将自己"进步"的证据公之于众。

我出国前夕曾报过一个雅思学习班，在那里认识了橙子。我们在距离上课地点不远的地方合租了一个房间，成了室友。她和我非常不同，她性格活泼，眼睛里有灵动的光。课程一开始，她就信誓旦旦地制定了各种目标和计划，将励志的标语贴满了书本。她在课堂上记笔记得很快，每每翻书总是发出可怕的声响，仿佛要把所有知识点生吞活剥似的。她经常在社交网站上分享自己的学习状态，她对我说："我习惯用这种方式进行自我激励。"

那段时间，我们两个人挤在一个只有几平方米的房间里熬夜苦学，彼此鼓励，哪怕只是对方的寥寥数语，也成了极大的安慰。

"加油！"

"你也是！"

不过，在之后的几次考试中，橙子的成绩并不理想。她在电话里跟父母大吵大闹："我有多努力，你们根本就不知道！不信你问她——"她把电话递给我让我作证，我看着话筒，手足无措。

　　在那晚之后，她明显有了懈怠。我不断鼓励她，她却苦笑着说："我时常怀疑自己不是学习的这块料，我这么努力，可还是……"她整个人就像死了机的电脑，主机芯片被烧毁了，再难重启。

　　后来，她干脆逃课。我担心她的人身安全，她却嬉笑着说"没关系"。她社交网站上的状态更新得越来越频繁，要么是跟试题集的合照，要么是戴着耳机练听力的卖萌照，与英语有关，却与努力无关。

　　学习班结束之后，我们偶尔联系过几次，她并没有再跟我提过关于考试的任何话题，我也只能识趣地听她聊聊最近上映的电影和她喜欢的新衣款式。在我出国后的第二个月，她因为第四次雅思考试失败而发了一条状态："命运会眷顾努力的人，下次再战！"我翻了翻她的微信朋友圈，发现那些消失许久的"鸡汤"励志句子重新回归了。我点开微信对话框，想对她说一些鼓励的话，却迟迟打不出来。

我们之所以急于想让别人知道自己很努力，一方面是因为它可以减少因失败而带来的愧疚，另一方面是因为它可以及时获得别人的认可，不管结果是什么。但是，努力本身就是一件非常私人化的事情，它并不值得大肆炫耀、广而告之，它应该是一个韬光养晦的过程。

努力是一种积极的状态，它能促使我们为了某个目标而去采取行动，但努力本身并不是什么荣耀，也不是我们成长的证据。我甚至觉得，如果过分吹嘘自己的努力程度，反而会让人陷入一种盲目的自我陶醉。

我曾在日记里写过这么一句话："如果你拼尽全力去做某一件事的时候，是没有力气说给别人听的。"直到现在，我也时常会用它来提醒自己。如果我们真的专注于如何达成目标，又哪有多余的心神去把自己展示给别人看呢？

上周，我去参加了一位我很敬佩的设计师的座谈会。在现场提问的环节，有学生问起他最引以为傲的一个设计项目，他说："这是我们的团队共同完成的项目，从前期分析到后期施工完成，整整用了四年的时间。团队里的每个人都为这个项目做出了巨大的牺牲。有人在一年之内，甚至进了三次医院。"

现场很安静，而这位设计师却话锋一转："不过，每个人都很享受这个过程。"

他在两个小时的谈话里，多次提到"有趣""享受"这些词。就像我曾近距离接触过的其他优秀的设计师一样，他们总是很少提及工作中的艰辛，因为在他们看来，为工作拼尽全力是理所当然的。

我最近在为新的设计作品而忙碌，从初稿开始，我已经改了很多遍，但我非常有耐心。我很喜欢这样的自己。

我记得《侯孝贤的光影记忆》一书中有一句话，大意是说，当人沉浸在前进的喜悦中时，会对外界失去关注。这也是我所认为的最幸福的一种状态了：认认真真地行走，踏踏实实地做事，只有努力而不自知的时候，才是最快乐的时候。

我们都需要一种"虔诚力"

最近在看一本日本人写的园林设计方面的书——《看不见的设计》。装帧别有意趣，但文字是竖排的，一开始不习惯，读着读着就觉得很好。

书不厚，但读了很久。

我非常喜欢日本园林的设计理念：禅思，观心，留白，共生。书中提到一种关于造景的概念，叫"听心"。在设计草木水石时，要学会听草心，听木心，听水心，听石心，听它们自己想要如何坐落在园里，听它们自己想以何种姿态进行生长。不是把人的意志强加给它们，而是去顺从它们的意志——将自然本身的美放大，这样一来，你就会发现，盈是一种美，亏是一种美，荣是一种美，枯是一种美，繁复是一种美，简练是一种美，平衡是一种美，不匀是一种美，如常是一种美，无常是一种美。

万物向美而生，需要凭借心灵的眼睛来寻找。

我被这种理念深深触动了。日本人在设计园林时，会竭力避免去破坏，而是去保护和顺应。日本园林的美蕴含禅意，只有对大自然心怀虔诚的设计师才能设计得出来。日本人似乎很擅长表达虔诚，以及将这种虔诚应用到生活周遭里。他们很懂得聆听和尊重自然，他们向往自然，也畏惧自然。

虔诚就是恭敬而有诚意。恭敬，是满怀谦卑，诚意，是不欺不瞒。我觉得虔诚是一种力量，我想把它叫作"虔诚力"——这个命名应该非常贴切吧。

"虔诚力"是一种有力度的温和态度，它对内体现为尊重自己的原则和内心，对外体现为尊重世间的每一种存在。拥有"虔诚力"的人，有一种冷静、自持、克制而温厚的气质。他们能坦然地接纳自我，也能温和地对待别人，他们不会夜郎自大，也不会妄自菲薄，他们尊重事物发展的规律，也尊重事物本身的存在。

人在年轻的时候，总认为有大把时光可以任自己挥霍，或者因为太急功近利而对外事外物流露出轻蔑和不屑。

我害怕自己失去"虔诚力"，不再心怀敬畏，不再有耐心，愈发草率地对待自己走过的弯路、做过的错事、用过的物品，甚至爱过的人。

前段时间，媒体上陆续曝出一些"裸贷"丑闻。一些和我年纪相仿的女大学生，自愿以裸照为抵押来换取贷款。我看到这些消息之后，震惊得说不出话来。难说这不是缺乏"虔诚力"的体现。她们缺乏对身体发肤的虔诚，她们并不懂得自己作为身体的主人，有义务尊重它们、保护它们，使它们不被亵渎、不受侮辱。

现在，她们把身体当成交易的工具，任人轻贱。

类似这样的事情，真是层出不穷。我时常觉得，我们所处的时代很是缺乏"虔诚力"，我们正在丧失敬畏之心。

我们经过了漫长的进化，才终于能够挺直腰板，抬头仰望星空，但很多时候，我们却忘了低头臣服。我们从来都不是这个世界的主人，我们只是经过艰难的抗争后，侥幸存活下来的物种。

我们用自己的智慧创造了很多东西，但智慧本身就是大自然的创造物之一。我们需要以此来提醒自己：人是这浩渺宇宙之中最微不足道的一部分，只有虔诚地对待万事万物，才能找到自己的根。

△ 来一场关于"细腻"的修炼

　　前几天，跟一位好久不见的朋友相约见面。这一次，她给了我很大的惊喜。

　　我们已经认识快十年了，高中毕业时，我们相约一起去旅行。在颠簸摇晃的巴士上，她一副小女儿情态，忍不住开始打瞌睡，头不知不觉就靠到了我肩膀上。我不敢有大动作，生怕把她弄醒，两个小时下来，我的右半边身体已经僵硬得动不了了。一路上，凡是看见了什么新奇的玩意儿，她就会像个孩子一样兴奋不已，叽叽喳喳地说个不停。那时候，我扮演着倾听者的角色，纵容着她的天真和任性。

不知从何时起，她已经从当年可爱的少女蜕变成成熟的女人。她知道我喜欢逛书店，便主动提出要陪我去。我穿梭在一排排书架之间，难耐雀跃地滔滔不绝，虽然有意识地压低了嗓音，但也多多少少有些失态。而她并没有显得不耐烦，眼睛里含着笑，温柔地提醒我注意脚下。她变得不再莽撞和任性，而是非常温柔、体贴、可靠、有耐心。

我们都在慢慢成长为善良的大人。

自出国之后，我身边多是比我年纪大的人，有的大二三岁，有的大六七岁。他们举手投足间已经相当成熟，能将生活中大大小小的事情安排得井井有条，将周围的人照顾得很周全。我曾经和比我大两岁的K合租房子，她表面上风风火火，但其实非常细心。她非常关心我，会责备我不爱惜身体，提醒我保养头发和指甲。我从来不曾留意过的生活细节，她都不声不响地一一关照到了。

我和她恰好相反，我看上去腼腆细腻，但内里却十分笨拙粗糙。我对待生活远没有对待学术那样用心。我喜欢那些性格上跟我互补的人，因为我不够细腻，所以就格外喜欢细腻的人。

我喜欢细腻，因为它代表着耐心和温柔，它跟刻意表现出来的礼貌不同，它让人觉得自然。

老子在《道德经·第六十三章》有言："为无为，事无事，味无味；天下难事必作于易，天下难事必于细。"与其胸怀大志，不如先把心安定下来，学着细致地打理生活。这种生活态度是通过一些小细节、小举动体现出来的，根本不需要什么技巧。但是，这并不容易做到，因为人人都喜欢特别的、新鲜的、有趣的、存在感更强的人和事，而不喜欢细致入微的东西。

我很喜欢这句话："真正打动人的感情总是朴实无华的，它不出声，不张扬，埋得很深。"人难道不也是这样吗？几年前，我的愿望是，不要活得太循规蹈矩，要敢于尝试，活得痛快一些、特别一些、放肆一些、酷一些。虽然彼时并不清楚怎样才算是活得很酷，但总是期待能和别人活得不一样。后来我渐渐发现，相较于很酷地活着，能够安于平淡需要更高的智慧。我不再追逐那些浮夸的噱头和五光十色的诱惑，开始安静下来，认真地修炼自己细腻、柔软的那一面。

温柔细腻的人非常值得交往。你一开始见到他们时，也许不会觉得惊艳，但随着深入交往和了解，你会被他们的魅力所打动。他们内心充满爱意，待人接物的方式也让人觉得很舒服。认识他们是很幸运的事情。如果你本人能够成为一个细腻的人，那么你一定很有风度。

《海边一年》一书中写道："我必须试着变得柔软，而非坚硬；流畅，而非拘谨；温柔，而非冷漠；发现，而非寻找。"哪怕无人问津，依旧能暗自生香，这才是我们给自己的最好的礼物。

第四章

无法选择出身，
不代表无法选择人生

△ 我会赢，但也输得起

在2016年里约奥运会上，中国选手孙杨在男子400米自由泳比赛中不敌澳大利亚小将，只摘得银牌。赛后，孙杨情绪失控，抱着相熟的记者痛哭起来。

一个好友说："奥运选手所面临的巨大压力，是我们想象不到的。肩上扛着数亿人的期待，想不负众望谈何容易。"想想也是，虽说"友谊第一，比赛第二"，但在国人的热切期待下，奥运赛事早已不是简单的体育比赛，而被人为地赋予了太多的意义。

这几天在看白岩松老师的新书《白说》，其中讲到，白岩松老师在2012年参与伦敦奥运会报道时，有记者向伦敦组委会提问：体育如何影响一代人？白老师自己的答案是："体育教会孩子们如何去赢，同时，教会孩子们如何体面并且有尊严地输。"

从小到大，所有人都在对我们说："你要赢！你要赢！你要赢！"我们被赋予了这样的胜负观，所以我们一直在拼尽全力，想要做到最好。我们想要为自己争得尊严，为家人带来骄傲。

我们总是在接受这样的教导和训练，即如何赢得一场比赛的胜利。但我们却忽略了这样一个真相：在漫长的人生旅途中，你要经历的失败，远比你所拥有的辉煌时刻多得多。

龙应台在书中写道："我们拼命地学习如何成功冲刺一百米，但是没有人教过我们，你跌倒时，怎么跌得有尊严；你的膝盖破得血肉模糊时，怎么清洗伤口，怎么包扎；你一头栽下时，怎么治疗内心淌血的创痛，怎么获得心灵深层的平静；心像玻璃一样碎了一地时，怎么收拾？"

这一生，我们要面临太多次豪赌，很多时候，我们不得不破釜沉舟、孤注一掷。我们可能会赢，更可能会输，但不敢去想象、接受失败，首先就让我们丧失了前进的勇气。

　　人们在试图变得更优秀的同时，也会变得越来越脆弱：因高考落榜而轻生的大有人在，不堪重负而自杀的留学生数不胜数……有太多的人徘徊在生死边缘，我们不禁要问，为什么这些人会越来越容易被打倒？

　　临出国前，长辈嘱咐我的最后一句话就是：无论如何，都要好好活着。我记住了，并且一直记到现在。

　　跟很多中等家庭的独生子女一样，我在十几岁之前一直被家人照顾得很好。我曾担心自己因为缺乏独立生活的能力，而在苦难面前会变得不堪一击。在告别父母，转身进入国际机场登机口的瞬间，我为自己定下了两个目标：一，要具备无可替代的专业能力；二，要成为一个内心强大的人。

　　我告诉自己："你要一个人生活了，没有人会帮你。你要活着，而且要活得越来越好。"

　　我应该庆幸，我自小就对"赢得胜利"没有太多的执念，直到如今，我也觉得自己和"学霸"一类的词毫不相干。我不过是一直坚持着一个原则，即学自己喜欢的东西，喜欢自己的所学，并把它们学好。

我一直有意控制着自己对于"赢得胜利"的渴望，以免自己因为太在意结果而产生情绪波动。我知道自己并不擅长调节情绪，所以更要未雨绸缪。

　　即便如此，我还是不可避免地遭遇过一些很大的挫折。那些日子非常难熬，但我庆幸自己不曾产生任何轻生的念头。我不曾哭过，甚至在打给父母的越洋电话里，也不曾提及自己当时的困境。

　　虽说那些经历并不值得炫耀或分享，甚至我早就淡忘了那时的心情，但它们仍然是值得回味的，因为正是它们造就了如今的我。

　　白岩松老师在书中写了这样一件事。在他举办的"东西联大"活动中，他会从包括清华、北大等几所名校所提供的几十份研究生简历中，选出几名优秀学员。其中有一名学员的简历并不像其他学生那样突出，但他选择了她。

　　白岩松老师解释道，只因为在她的简历里，他看到了她的失败，以及她经历挫折之后的态度和努力。他在书中写道："对于年轻人，我并不很关心你们得过多少表扬，有过多少成就，我只担心你们几乎没经历过像样的挫折……只有既得到过很多表扬，也经历过很多挫折的人，才能作为一名合格的毕业生，去面对前程未卜、风险未知的人生旅途。"

成功未必是好事，失败也未必是坏事。成功是一种荣耀和鼓舞，但也可能成为一种心理负担，甚至让人自满、懈怠。失败是一种耻辱和打击，但也可能成为一种鞭策。甚至很多时候，失败比成功更能让我们成长，能帮助我们认清方向、找准定位、及时纠错。

柴静在《看见》中有一句话，我深以为然："痛苦就是痛苦，对痛苦的思考才是财富。"失败本身无法造就人，失败是痛苦的，会让人遭受重创。但如果我们以此为契机，开始总结、反思，重新整理自己，就会更好地走向成功。学不会输，就不会赢。

我想起鲁迅先生的一句话："我每看运动会时，常常这样想，优胜者固然可敬，但那些虽然落后而仍非跑至终点不止的竞技者，和见了这样竞技者而肃然不笑的看客，乃正是中国将来的脊梁。"世界上的比赛有很多，但每场赛事只能有一个胜者。就像奥运会比赛一样，真正能让世人记住的，也不过就是那几个冠军而已。人们好像只会记得第一名，而永远不会记得第二名。但事实上，世人所谓的成功和失败，也不过是基于世俗的标准而已。我们应该有自己的一套评判标准，它才是我们的铜盔铁甲，能够让我们穿越荆棘，勇往直前。

△ 微小的细节里藏着一个人的修养

不久前和几个朋友驾车去野营。

面对优美的自然风景，大家纷纷拿出手机来照相，有自拍，有合影，忙得不亦乐乎。我无意间看到一位朋友在用手机修图，于是就凑过去看，想顺带学习一下修图技巧。她正在修一张五个人的合照，照片中的每个人都被她修得非常漂亮。之后，她把修好的照片发到我们五个人的微信聊天群里，询问大家："我想把这张发到朋友圈里，可以吗？"

她真是个细心的人！

在整个野营的过程中，还有很多很多这样的小插曲。正是这些看似微不足道的细节，让我们的整个行程温馨而愉悦。

　　细节见素养，这话非常有道理。

　　我曾听一个朋友聊起过一次非常不愉快的旅行经历。彼时她和另一个女孩结伴而行。刚开始的时候，两个人相处还算融洽。但在接下来的几天里，那个女孩的表现就让人受不了了。她借走了朋友的自拍杆，丝毫没有归还的意思，仿佛已据为己有，还不停地要求朋友为她拍照留念。几天下来，朋友的手机里存满了对方的照片，而自己却没照几张。朋友因为脾气好，不善于拒绝对方，彻底沦为对方的苦力。行程即将结束时，因为对方毫无时间观念，两人错过了返程的航班，不得不花了一笔高昂的改签费。

　　朋友十分气愤，但又不好发作，只得暗暗发誓，再也不跟这个人同行了。

　　即使再好的关系也难免会有矛盾和摩擦，更何况，她们两个人的关系本来就不太亲密。正是那些不断积累的琐碎的不满，最终透支了两个人原有的一点点信任。

　　我又想到另一个好朋友的恋爱经历。她跟一个男孩刚认识没多久就确定了恋爱关系。那男孩相貌中等，似乎并没有什么特别之处，于是我就好奇地问她："你为什么会选择他？"她笑了笑，为我列出了很多证据：他对所有餐饮店的服务员都很有礼貌；在跟长辈打电话时，语气温和而且十分有耐心；他会在女士落座前，帮女士拉开椅子；他会在公众场合为别人圆场，免得别人尴尬……

我说："原来打动你的都是一些细节。"她点头称是。

细节能毁掉一段关系，也能成就一段关系。细节是教养的自然流露，无法伪装，更无从欺瞒。一个人无法伪装出自己不具备的品质，因为他在举手投足间，在细枝末节中，就会露出狐狸尾巴。

我相信细节。我们可以通过一些细节来判断一个人的本性。一个朋友曾跟我说起她那脚踏两只船的前男友："如今想来，这一切在细节上早有显露。记得有一次，我邀请他到家里来跟长辈们一起用餐。不管平日再怎么放任自由，这次总归应该做一做姿态，有所收敛才行。可他倒好，言谈举止间依然粗鲁无礼，甚至表现出一副毫不在意的模样。"

其实，通过这些细节，完全可以判断出对方出生在怎样的家庭环境中，有着怎样的素养和心性。怪只怪她当时沉湎于热恋中，丝毫没有在意这些细节所代表的含义，将一颗真心交付了出去。

看一个人是否值得深交、值得信任、值得依靠，不要看他说的话是否动听，也不要看他的眼神是否真诚。这些东西都是可以伪装的，我们的生活中不乏一些演技精湛的人。很多能让你神魂颠倒的甜言蜜语，也不过是别人经常挂在嘴边的话。要谨防那些社交达人的套路。

如果你看不透一个人，那就先什么都不要说，只是静静地观察就好。相处久了，交往多了，你自然就能看到一些很重要的东西。请牢牢记住这个道理：装模作样的人迟早会露出马脚，单纯、质朴的人总是无懈可击，因为他们活得很真实。

何为高情商？说来有趣，我所认识的高情商的人，都不觉得自己情商高，他们并不是左右逢源，也没有舌灿莲花。他们都是以一种不加修饰的姿态在跟这个世界打交道，感受，接纳，然后施予：顺手将身边人的"垃圾"收走；面对小孩子和小动物时，耐心又温和；下雨天帮外出的邻居收好衣服；在别人遭遇尴尬时主动帮其解围；跟别人同行时，主动走在外侧；在餐桌上顺手为别人续满水杯……

真正的高情商大概就是这样一种润物细无声的温柔，这种温柔能够渗透、填满人与人之间的所有空隙，让人觉得非常舒服。

看到过这样一个问题：女孩的哪个动作最让人觉得温柔？得票最多的答案是：她耐心地解开纠缠在一起的耳机线。这是个很有趣的回答。所有真正能打动人心的场景，都不是刻意地编排、布局出来的，而是真实的人性和素养的自然流露。

这些细节背后，是不可言说的厚重的人生，而细节中所体现出来的温柔，也是一个人跟自己达成和解之后的释然。

别人从细节里看到的你的特质，也许只是你在独自打造自己的宇宙时，无意溅落于人前的星屑。

专业性才是你真正的底气

跟一个好朋友聊起各自所学的专业。

他说："我羡慕你能学自己喜欢的专业，也羡慕你能为了自己喜欢的事业全情投入。但我同时也很讨厌你，因为如果不是认识了你，我就不会知道，这个世界上，真的有人可以做着自己喜欢的事情，而且每一天都充满了热情和干劲。"

我不知道该如何回应他。

他继续说道："我不知道自己想要什么。我热爱摄影，可是我知道自己不可能把它当作事业。我一想到我要按照现在的方向一直走下去，就会觉得很绝望。"

朋友所在的学校是国内一流的学府。他拥有令人钦佩不已的头脑和令所有人都艳羡的机会。但讽刺的是，我们却在羡慕着彼此。

我对他说："能将自己的爱好作为毕生的事业当然是很好的。但坦白讲，我并没有这样的信心，即在该领域的专业水平足以维持我最基本的生存，使我能够长期从事这份事业。我有时候会觉得，最理想的情况是，我们不是因为喜欢一件事才能把它做好，而是因为把它做得越来越好，才慢慢喜欢上它的。"

我非常羡慕那些能把自己热爱的事情当作毕生事业来追求的人，我曾以为只有那样的热情才会持久，才足以贯穿一个人的一生。但事实上，即使是最热爱的事业，我们也总会有厌倦的那一天。

而且，与其把时间浪费在才艺性的爱好上，不如把时间投入到职业性爱好上来。在应聘房地产公司的兼职工作时，我曾听一位资深HR讲道："每一位前来应聘的年轻人都有令人眼花缭乱的简历，但他们在接受面试时，却对专业的问题一问三不知。"

"年轻人普遍缺乏真正的专业性。"这是她给出的结论。

我认为，我们这个社会不缺多才多艺的年轻人，真正缺少的是具有专业能力和职业素养的年轻人。刚进入大学的时候，我热衷于参加各种活动，比如加入社团，做兼职，做志愿者等，以此来丰富自己的大学生活。如今我才懂得，这一切的前提是，将培养自己的核心竞争力放在首位。所有的兴趣和爱好，都要为你的专业学习让路。

我曾和一位女孩聊天，她说自己对毕业之后的生活感到很迷茫。她的专业成绩不太理想，她将来也不想找与自己的专业相关的工作。我问她："为什么？"她直言不讳："我不喜欢，太辛苦。"

我问："那你想学什么专业？"她说："我不知道。"

"不喜欢"不应该成为"不专业"的理由，我们不能让个人的好恶影响专业能力的提升。专业能力能够客观地体现一个人的价值，它是我们对自己的一个郑重承诺，是最值得信任的依靠。

我这学期的导师是葡萄牙人，她的眼神非常明亮。她在课堂上说得最多的一句话就是："在座的各位，你们都是未来的专业设计师。"她所强调的"专业"二字，让我心跳加速。在每次遇到瓶颈期时，我都会反复修改设计方案，甚至推翻重来，我会下意识地问自己：我距离真正的专业设计师还差多远？如果想要以此谋生，我是否有足够的资格？就是在这样的自我反思中，我缓慢地、平稳地成长着。这个过程对我来说是非常珍贵的。

我常幽默地跟身边人说起，自己背着长长的T形尺乘坐巴士时，总会有一种电影里忍者劫车的即视感，让我觉得十分尴尬。

她们大笑，然后说："不要尴尬，你应该感到骄傲。"

学习一种技能，由熟练到精通，再到专业，这是一件美好的事情，我们应该感到知足和幸福才是。

其实，每一个行业都有它的内在规律和深层奥秘，我们选择它，并不是要被它束缚，而是要被它拯救。

学习的过程，就是挖掘自身潜力的过程。我们要在学习中重塑自己，直到变成更专业的人。

△ 永远不要让你的脾气比本事大

在网上看到一句话：真有本事，就收回脾气。我觉得非常惊艳。

时常在新闻中看到一些人因为情绪冲动而酿成大错。我想，很多人内心涌动着的情绪，大概是源于生存的压力和现实的痛苦吧。

我认识一些在工作需要常年看人脸色的中年男子，他们普遍敏感、暴躁、易怒，身上有一种难以掩饰的戾气和焦虑。他们喜欢在背后诋毁上司和同事，以此宣泄自己的不满，也热衷于通过手中的权力打压、报复别人。我认识的一个长辈，常年待业在家、不思进取，反而责怪在外打拼的妻子工资微薄，以及没有对孩子尽到一个母亲应尽的义务。

王小波先生说过这样一句话："人的一切痛苦，本质上都是来源于自己对于无能的愤怒。"越是无能的人，越是会采取极端的方式伤害他人。他们往往很情绪化，会不顾后果地表达愤怒，因为他们除此之外，再无其他途径来发泄自己的不满。

《自卑与超越》一书中说道，为了消除自卑，大多数人选择的最佳方式便是建立优越感。于是一些人就会剑走偏锋，用野蛮粗暴的方式来寻求关注，以证明自己拥有某种不容置疑的力量。这恰恰说明了他们内心的某种缺失，为了弥补这种缺失，他们会从其他方面来寻找优越感，以维护自己的尊严。但这只会让他们精神上的缺口越来越大，让他们变得更空虚、更无措，甚至最后彻底失去对情绪的控制力和感受力，带给身边人不可逆的负面影响，造成难以愈合的伤口。

记得我读初中时，邻班有这样一位男生。他父亲因就职的工厂倒闭，失业在家，整天抽烟、酗酒，甚至打骂他和他母亲。三年下来，他性情大变，成绩也一落千丈。后来听说，他因为使用管制刀具将人捅成重伤，被学校劝退。

《动机与人格》一书将人的成长分为四个阶段：婴儿期、少儿期、青春期和成人期。当一个阶段的需求被充分满足后，人就会自然而然地进入下一个阶段，但如果某一阶段的需求没有被充分满足，个体的人格就会滞留在那个阶段，停止成长。情绪冲动的人，往往是因为人格成长停留在了某个阶段，变得过分依赖外部世界，不善于表达自我，也无法准确地分辨和把控自己的情绪。情绪稳定的人刚好相反，他们始终在积极、健康地成长着。后者并不是没有情绪，他们只是具备了分辨情绪和控制情绪的能力。人格健全的人有足够的理性，能够将自己的情绪收放自如。譬如，林肯通过写信和烧毁书信来发泄怒气，巴菲特在情绪波动很大时，会为自己冲上一杯咖啡，亚马逊创始人杰夫·贝索斯在生气的时候，会对别人说"等我五分钟"。

柏格森说，我们的性格即我们自身。一个人的涵养有无，就体现在他是否能控制自己的脾气上。

　　我始终相信，这个世界属于那些不会被自身情绪束缚，不会被主观愤怒支配的人。

　　但愿我们温柔而强大，哪怕在愤怒的时候，也不要伤害他人。这已经是难得的善意了。

无法选择出身，不代表无法选择人生

　　街头涂鸦为单调的城市景观平添了一抹色彩。它们一般色彩鲜艳，其中有很多有趣的图案，如手牵着手的小人，张牙舞爪的怪兽，等等。并不像是出自专业人士之手，但却有一种质朴的、天然的艺术感。

　　我非常幸运，今天在街角遇到了正在进行涂鸦创作的人。他们是一家四口：年轻的母亲负责主要的手绘部分，她用五彩的头巾挽起了一头金发，把麻布衬衫的袖子撸到了手肘处，正在用笔刷一笔一画勾勒图案；她男人坐在另一边，正在准备画具，用画箱和油漆桶调配颜色，还照看着两个跑来跑去的小宝贝；两个孩子不过五六岁的年纪，有一派天真的笑容，很活泼，但并不吵闹。当母亲询问他们哪种颜色更合适时，他们会认真思考并主动指出自己喜欢的颜色，俨然已具有成人般的审美。

一家人其乐融融，羡煞人也。看我走了过来，这对年轻的夫妻和我相视一笑。

我可以预见到，在这种家庭中成长起来的孩子，一定会有幸福的一生。跟父母一起进行涂鸦创作的场景，一定会成为他们人生中重要的记忆之一。他们可能会逐渐显露出艺术天分，他们对艺术的理解也会比一般人更深刻。

对于他们来说，这是一件非常幸运的事情。

父母是孩子的神，在孩子的成长过程中，父母的一言一行都会拯救或毁灭他们。

初中的时候，我们班上有一位女生。她的性格非常极端：时而极度天真，时而极度暴躁；上一秒还笑得非常灿烂，下一秒就会破口大骂；她还会不分场合地做出一些令人难堪的举动。

校运动会的时候，我们见到了她的母亲。这位化着浓妆、非常美丽的妇人，小心翼翼地唤着她的乳名，脸上带着近乎讨好的、卑微的笑，将两盒满满的点心递给自己的女儿。她却二话不说，粗暴地将自己的母亲推搡出校门，声嘶力竭地怒吼："你来干什么？给我滚！滚！"

彼时的她，面目狰狞，让人觉得害怕。

她喜欢画画，曾经央求当时身为文艺委员的我和她一起加入美术小组，参加各种相关的课外活动。我答应了，她很开心。她当时被大家孤立得很严重，便对我产生了莫名的亲近感。

某一天，她跟我说起了自己的家庭。我因为这份信任而感到惶恐，只能尽力扮演好倾听者的角色。她给我讲母亲的再婚，讲那个年纪很大的有钱的继父，讲家里人不想让她继续读高中。

我说："你喜欢画画，可以考艺术专业呀。"她只是摇摇头。没过多久，她就悄悄退学了，甚至没和我说一声再见。

很多年以后，我在老家的商业街上又见到了她。她胖了很多，烫了头，脸上化着跟她母亲当年一样的浓妆，盘坐在服装店的一张塑料椅上，身边挂着"20元/件"的广告牌。她正低着头玩手机，抬头见到我，吃了一惊，然后叫出了我的名字，盯着我看了很久，问我："你还画画吗？"

我点点头。

她笑着说："我还记得我们一起画过板报，那时候真开心。"

我笑不出来，我突然觉得很难过。

有一个女人走过来，看了我一眼，转头问她："你们认识？"她点点头，向我解释说："我在这里帮我表姐看店。"然后以一种自豪的语气对那个女人说："我老同学，大学生，羡慕吧？"她的表姐又看了我们一眼，眼神里满是不可思议。

那是我第一次意识到，不是每一个家庭都能给孩子提供足够的温暖和安全感，以满足他们对爱的渴求。

我们无法选择家庭和家人，有人生于豪门，有人生于寒门，有人生于幸福美满的家庭，有人生于破碎的家庭，有人自小就沉浸在父母的爱与呵护之中，有人却毕生都在抗争着来自原生家庭的伤痛。

童年是非常重要的人生阶段。彼时我们尚不能独立生活，还需要家庭的庇护，我们的人格也还在形成之中。在那个时期，家庭是我们汲取能量的唯一来源，它会塑造我们，也会伤害我们。

如果一个人在童年时期没有从原生家庭中得到应有的关爱和关注，他（她）在长大之后会不断向外界去索取。也许这就是为什么，很多人在成年之后，无法适应或者维系任何一段亲密关系。他们并不是在以一种独立的角色同他人产生联结，他们潜意识是想从对方身上获得某些东西，可能是爱，可能是安全感，可能是被认可。

不要认为那些有着不幸童年的人，才需要努力摆脱原生家庭的阴影，事实上，每个人都在背负着原生家庭的影响。英国有一个纪录片叫作《人生七年》，它记录了14个来自不同阶层的人的一生。导演每隔七年访问他们一次，7岁，14岁，21岁，28岁，35岁，42岁，49岁，一直到56岁。

影片结论是，那些出身上流社会的孩子，依旧属于上流社会，出身底层的孩子，依旧属于底层。事实就是，更优渥的成长环境会为孩子提供更丰富、更有益的资源，他们会拥有更多的机会，更容易被培养出开阔的格局和眼界，以及更全面、更成熟地看待世界的方式。

家庭出身会影响人的一生，但并不是完全决定一个人的一生。

影片中有一位叫尼克的小孩，他最终突破出身的限制，凭着自己的努力，成了一个大学教授，娶了一个漂亮的妻子，有了一个美满的家庭。

家庭是人生的起点，但不代表它会界定我们的一生。随着年龄的增长，家庭对我们人格的影响会越来越弱。因为我们在成长。成长，就是一个不断学习的过程。我们通过接受教育，通过积累经验，通过阅读，通过交际，通过反复摸索和思考，认清自身的缺陷，然后一一修补、完善，将那些原生家庭无法给予我们的东西创造出来，回馈自己。

我们大多数人生得并不幸运，但我们有一生的时间让自己变得完整。

你会成为什么人，
取决于你想成为什么人

一转眼，出国留学已经好几年了。

现在回过头去看，觉得自己走过了一段非常漫长的路，像是大梦一场。我的很多所思所想也和几年前大不相同，甚至是天差地别。

这段成长让我自己都感到吃惊。

我是一个比较晚熟的孩子，对新生事物的理解和掌握都很慢，甚至会显得格外迟钝和笨拙。我有时候会觉得，父母把当时毫无生活阅历和独立生活能力的我"流放"到举目无亲的大洋彼岸来讨生活，真是一件很不可思议的事情。

其实他们一直很相信我，哪怕是在我自己都不相信自己的时候。对此，我一直心存感谢。拥有这样的父母，是我的荣幸。

现如今，留学已经成为一种潮流，留学生的年龄也越来越小。每当看到相关报道中的数据，我都会有一种莫名的心疼和担忧。

初到一个陌生的环境，人会非常不适应，会遇到各种困难，也会因此而心生恐惧。最重要的是，不会有人帮你，你只能靠自己。但当你克服重重困难，能够独当一面时，你会有极大的成就感。

20前后的这段时光非常重要，一个人的世界观、人生观、价值观就是在这一时期形成的。你所处的环境，你所接触到的人和事，都会对你造成极大的影响。你的内在秩序和外在秩序会在这个时期发生十分激烈的碰撞，你的"自我"会逐渐成形。

留学经历为每一个留学生提供了一种非常不同的成长环境。面对着完全陌生的历史文化，过着与过去十几年完全不同的生活，一个的孤独会被无限放大，他们被迫去克服自身的恐惧，开始学着去担当，学着去退让。

这并不是一件容易的事情。因为所有的改变的前提，是一个人已经具备独立生活的意愿和潜质。哪怕是身处完全陌生的环境，一个善于独立思考的孩子也会敢于探索和尝试，不断实践、检视、调整，然后找到属于自己的路。

这就是为什么，在同样陌生的环境中，人们会表现出完全不同的状态：有的人会变得极度自律，善于不断学习，不断从外界吸取养分；有的人则会纵容自己的惰性，变得玩世不恭，身体越来越虚弱，头脑越来越老化。后者会变得越来越笨拙，迟钝，不再善于思考复杂的问题，从里到外都变得非常虚弱。很多人在年纪轻轻的时候就放弃了学习和成长，这是非常可惜的。他们随波逐流，不懂得及时调整自身以适应外部世界的变化。在这一点上，不光是留学生，很多在国内读书的年轻人也要引以为戒。

在国外学习和生活，势必要面临因文化差异而带来的不适。

记得大一的时候，在第一堂课即将结束时，导师让所有同学将自己的课堂作品摆放在一起，让大家一起观摩学习。我起初很不适应这种方式，因为我不喜欢向别人暴露自己。但四年之后，我已经非常熟悉这种上课方式了。我们不仅要展示自己的作品，还要对创作思路进行即兴演讲。而这已经成为我跟其他同学进行互相学习的重要途径。如今，我已经不再害羞，而且很享受这个过程，因为我从中受益良多。

每当介绍自己的创作思路时，我的语气中都会不自觉地充满自豪感，我的表述也会更加流畅，笑容也会更加灿烂。原本阴郁内敛的我，变得越来越开朗自信。

我很喜爱这样的过程。在融洽的交流中，时常会有灵感迸发出来。这是个互通有无的过程。

只是在每次互通有无的时候，我都会有一种隐隐的、捉襟见肘的窘迫感。这种窘迫感源于我们对自己所属的文化传统知之甚少。我羞愧于自己在中国文化上缺课太多。

文化是需要传承的，这种传承包括两方面：取其精华，去其糟粕。留学的经历也为我提供了另一种视角，使我能够站在异域文化的立场审视自己所属的文化传统。也就是在这个过程中，我逐渐加深了对中国文化的理解，也急切地想要补上以前落下的课程。

这是留学经历教给我的十分重要的一课。它既把我隔绝于自己所熟悉的文化环境之外，也为我提供了不设限制地进行自我探索的机会。与其说它能够历练人、造就人，倒不如说它一直在迫使我做出各种选择，同时还要独立承担起这些选择所带来的后果。

你最终会成为什么人，取决于你想成为什么人。所谓的命运之神，不过就是自己罢了。

△ 最长的路，是回家的路

最近在忙课业，忙着做兼职，还有额外的课题研究。可能是因为太过专注和用力而疏忽了对身体的照顾，我昨晚被剧烈的胃痛弄醒了。

我的胃很久没有这么痛过了。冷汗打湿了睡衣，我挣扎着从床上爬起来，打开衣柜，尝试着去找药箱。

第二天的工作计划不能被打乱，我吃过药之后就试图入睡，奈何胃部的绞痛丝毫不见好转，我只好睁眼到天亮。整个过程十分痛苦。

五点半的闹钟响起，新的一天又开始了。

我没有时间去缓解彻夜未眠所带来的疲倦感，也没有太多自伤自怜的情绪。一个人在异乡生活，当面对各种突发状况时，首先要保持平日的克制和冷静。我不能因为身体的虚弱而放任自己的感伤，否则就会一蹶不振。这大概是身为异乡人的常态。

我所居住的城市是一座友善的、年轻的、秩序井然的城市，这里的空气、水和植物都非常干净，路上遇到的人都面带微笑。工作日晚上不到九点，居民区的街道就几乎见不到人影了。我一般选择晚上九点至十点这个时间段进行夜跑，因为这样就可以横穿马路。街边的路灯相隔很远，亮度有限，甚至比不上月光。

每当跑过被各种阴影所遮蔽的小径时，几乎看不到脚下的路。路边时常会有枝叶伸出来，像人的手臂，刮到我的脸颊和头发。尽管有这样的危险，但我还是觉得莫名心安。在很长一段时间里，我都是靠着这种从黑暗中穿行而过的训练来获得某种信心。

这几年，我频繁地更换住址，从未在同一个地方居住过半年以上，似乎总是刚熟悉一处房子周围的环境，就不得不因为各种原因而搬家。总是这样到处漂泊，明明居有定所，但总觉得自己一直处于流离失所的状态。因为怕对某个住处产生无法割舍的依恋，我就尽量不在房间摆放太多的物品，也因此，这么些年倒是没有因为心血来潮而买很多花哨无用的东西。我也不敢肆无忌惮地买书，因为它们会成为搬家时的负担——虽然最后这一条总是破例。

很多朋友在毕业之后义无反顾地逃离家乡，去到陌生的大城市，选择从零开始。时至今日，我觉得他们中的一些人是很成功的，他们拥有了体面的工作、可观的薪水，以及同自己所在的城市愈发趋同的气质。他们看起来很快乐。至少从照片上看是这样。

同龄人中也有极其恋家的，他们二十年来并未真正独自远行过，这并非因为他们性格非常内向和腼腆，而是因为他们对当前的生活非常满意。他们之所以选择留在家乡，大概只有两种可能：或者非常清楚自己想要的是什么，或者完全不清楚。

一个留在家乡的朋友问我："你为什么愿意跑去离家那么远的地方？"我并不想用那些冠冕堂皇的说辞来搪塞她。但我后来发现，我最需要的就是那些冠冕堂皇的说辞，不是为了回答别人，而是用来说服自己，说服自己"我的选择是正确的"，然后让自己接受已经没有退路的事实。

　　所谓的抱负和追求，也不过是从一个迫不得已的选择开始的。这一路走来，我所做的一切努力，也不过是被抛入一个完全陌生的环境之后出于本能的挣扎。我只能遵从自己的内心，向着陌生的方向不断延伸，在某一个节点同这个世界产生联结，甚至在未来彻底融入这个世界。

　　我偶尔会感到惶恐和茫然，觉得自己无法再承担更多的东西，无论是有益的，还是有害的。异乡人从外表上看自在潇洒，精神上却要承受很多东西，我们要懂得如何消化和释放负面的、消极的情绪。

　　漂泊在外的人，最容易感到孤独。人们站在离你很近的地方，但你和他们之间却一直存在着无法填补的、巨大的空洞和缝隙。你们明明在说着一样的语言，但却无法听懂彼此的话。

　　事实上，最孤独的时候恰恰是你本该感到快乐的时候。当你历尽千辛万苦获得一定的成就，抬起头环顾四周时，却发现没有人能跟你一起分享快乐。当你暂停下来，跟亲朋好友讲述你一路走来的心情和收获时，却发现想说的太多，多到你根本不知道从何说起。你会发现，为了跟别人复述你的故事而强迫自己再回忆一遍，是比再经历一遍更让人觉得疲倦的事情。你会发现，自己此时真正想听的并不是他们对过去的你表达理解和关切，而是一句简单的祝贺而已。

于是我们选择略去千言万语，表现得很沉默，这种沉默或许就是别人眼中的沉稳吧。当我们历尽沧桑之后，我们变得疲于分享、疲于取悦，这可能就是别人眼中的成熟吧。

前年回国的时候，见到了家中的小字辈，他们一派天真模样，有着无忧无虑的眼神。让我意外的是，他们对我表现出的信任和亲昵。长辈中有人解释说："昨天给你的妹妹看世界地图，她会很郑重地问你在哪里，现在在做什么。她说她想姐姐了。"

我不禁想，我在他们成长的过程中，究竟扮演了什么角色呢？我在他们心目中的形象，或许只是来源于他们周围人的描述，在这一年一次的、短暂的相处里，他们也许只是因为收到了来自异国的礼物而对我，对那个遥远的地方，产生了一丝好奇而已。

他们还很小，并不真正懂得血缘亲情，他们对我这个长辈的亲近，也许只是出于长辈的引导，因为现在的他们并不理解一个人长久地消失在自己的故土，究竟意味着什么。

　　也许随着年龄的增长，他们会跟我有更多的交流，他们会理解并追随我现在的做法。那时候的我，在他们心目中会是什么形象呢？独当一面且值得依靠吗？

　　我曾以为，所有的闯荡和漂泊，不过是为了更好地走向死亡。但当我走出机场，看到接机的父母，触碰到妹妹伸过来的柔软的小手，听到年近百岁的太姥姥用孩童般单纯的眼神望着我说"你回来了"的时候，我突然意识到，故乡和亲人一直都是我生命中最重要的依靠。

　　对他们的思念偶尔会在我的身体里隐隐作痛，我正是靠着他们才走得越来越远。

第五章

让优秀成为
一种习惯

△ 让优秀成为一种习惯

大二即将结束的时候，我已经有了一份薪水不错的兼职，考虑到做一份跟我的专业更相近的兼职会更加有益，于是我开始整理简历和作品集，准备向相关的公司投递。

外国学生似乎比我们更懂得未雨绸缪，一些本地学生在大一暑假时就已经找到了不错的兼职。后来跟本地的朋友聊天，才知道他们在高中时就已经接受过投递简历的指导。

在大学期间，半工半读是常态。正是因为有了兼职的经历，我们在大学毕业之后，才不会因为角色转变而产生无措感和突兀感。我觉得这是很好的学习。

不断追求上进的意识非常难得。我高中时的一个好友，当年考入了理想的大学。就在那个本可以放松一下的暑假，他并没有留给自己太多玩乐的时间，而是把日程表安排得很满，如参加英语培训，参加志愿者活动，上各种网络课程等，俨然已经开始为未来的大学生活做起了准备。我身边的很多朋友都是这种不断追求上进、主动而谦逊的人，他们往往能将高中时的优秀表现延续到大学四年，甚至变得更出色。

父亲最常说的一句话是：人生很长，目光要放长远。所以，不要被一时的荣辱胜负绊住。

归根结底，人的一生就是一项漫长的工程，需要持续不断地、层层递进地进行规划、建设才行，任何停留和懈怠都是要不得的。我们要自强不息，懂得及时清零，及时从过去的荣誉中抽身，时刻保持重新开始的状态。

反思一下自己，我绝对不算标准意义上的优秀孩子。我并不认为自己取得过什么真正能让家人引以为傲的荣誉。偏偏从小到大，我身边的其他小孩，永远都是优秀得遥不可及。我常常很自卑，但父母并不曾在我面前说过一句"你要向他们学习，向他们看齐"之类的话。即使偶尔聊起"别人家的孩子"考入了世界名校，他们也是语气平和、云淡风轻。

父母在他们的同龄人中也算是佼佼者，他们一生不甘落后于人，却平和地接受了一个并不优秀的女儿。正是这样的家庭氛围，使得我即使偶尔自卑，也从不自轻。他们承认我有需要提升的地方，但也积极肯定我的价值所在。他们不曾因为世俗的标准而强行干预一个孩子独一无二的成长轨迹。

对此，我很感激，我会用一生去回报他们。

如今，我依旧觉得自己算不上优秀，但却不再像几年前那么急躁。我在按照自己的节奏不断前行。这个过程可能有点儿缓慢和笨拙，但我不曾投机取巧，不曾坐享其成，所以，我心里非常踏实。我依旧对优秀有执念，但已经不再认为优秀只是一些看得见的奖项和荣誉。我认为，优秀是一种习惯，是贯穿一生的信念，它不是某些时间节点上的有形的收获物，而是平凡生活中的一种不断向前的姿态。

因为知道路还很远，所以我不会急迫强行军；因为知道自己为什么奔跑，所以我不会停下脚步。我会不断学习、反思和总结，强迫自己忘记既得的成就，永远保持一种开放的、接纳的状态。

优秀是没有尽头的，横向比较只会徒增烦恼，倒不如纵向审视，督促自己一年又一年不断向前。人生很长，我们还不够好，但好在我们还有足够的时间去认识更优秀的人，培养更多的技能，去开阔眼界，去提升自己。

我们将会从这个过程中深深受益。

你所挥霍的今天，
是多少人梦寐以求的曾经

新学期的课程安排得非常紧凑，我必须迎头赶上才行。

为了保证休息时间，同时提高工作和学习的效率，我重新制定了自己的时间表，删减了每日除有氧运动之外的所有娱乐活动。为了简化生活，我卸载了手机里一些长期不用的软件。为了减轻身体负担，我更加严格地控制卡路里的摄入，尽量坚持素食。

这学期，我需要更频繁地跑外场，进行一些实地的测量和勘察，这对我的身体素质提出了更高的要求。我今天顶着炎炎烈日负重走了四个小时山路，追上巴士的时候才发现自己的衬衫已经完全被汗水打湿了。我隐约有些头晕和心悸，这种症状已经很久没有过了，可能是因为我暂时还没适应现在的生活节奏。在路上接到了两个电话，一个来自兼职公司的老板，他通知我有新的任务分配下来；一个来自室友，她提醒我交房租的事。这两件事都需要马上处理。

生活很琐碎。有时会觉得分身乏术，尤其是在已经疲倦得想要倒头大睡的时候，却不得不强打精神继续做事，直到将最后一丝力气耗尽。

过着这样的生活，会有一种自虐式的快感。

《皮囊》里说，肉体是拿来用的，不是拿来伺候的。

小时候，我惰性极强，常常因为不懂得为长辈分担家务，或者是故意拖延时间而被家里人责骂。长大后，我依旧不敢说自己非常勤奋，但总算有了一定的自制力和意志力。大概是因为我的理想和抱负，足以驱动我去弥补天性中的不足。

我一向认为，身体或精神上的疲惫感是一种证明，证明我们尚且活着。即使这种状态并不从容，甚至有些难堪，但它是希望之所在。

如果我们不再害怕去碰触、体验生活的困顿，那说明我们进步了。我觉得，比起生活中那些愉悦的、顺畅的、轻松的部分，反倒是不快的、艰难的、辛苦的部分更能激起我们的反思，有助于我们培养出极强的反弹力和更大的承受力。

我不断告诫自己：趁着年轻，要敢于锤炼自己，享受身体或精神上的疲惫感。也许当我老了之后，会觉得这段时光才是真正有价值的、引以为傲的记忆。也许命运的公平之处就在于，每个人都会老去，而每个人也都曾年轻过。但遗憾的是，很多年轻人并不懂得年轻的真正优势所在，也不曾有效地利用它。

对于年轻的女孩子来说，拥有白皙娇嫩的皮肤当然是好事，但这不应该成为第一要务。反倒是拥有一身强壮坚实的硬骨头和饱满的精气神，更让我觉得弥足珍贵。

年轻是一种资本，能够承受住持续的消耗和锤炼、反复的撞击和跌倒。年轻的时候，我们的身体状况和精神状态都达到了峰值，这是非常理想的状态。命运或许是在暗示我们，年轻的时候一定不要太轻松、太悠闲，而是要进行更多艰难的尝试，多承担一些，多忍耐一些，最好要承受一些自己刚好不能承受的苦难。

我们不要因为害怕辛苦而拒绝去啃硬骨头，不要因为纵容自己而不愿去接受艰巨的任务，不要把吃苦当成委屈，把奋斗当成煎熬。

在年轻的时候活得辛苦一些、疲累一些，未尝不是一种福分。

△ 谁没走过几步弯路呢

前几天和朋友聊天，她反复说到"遗憾"这个词。

其实我很少觉得遗憾，并不是因为没有做过错误的决定，只是不允许自己去幻想既成之事的另一些可能而已。

过去的事就永远过去了。放任自己一直沉迷于过去，是对未来的背叛。

独自一人浅酌的时候，酒至半酣，可以对平生憾事聊作怀想，但酒醒了，就要将其抛诸脑后，继续为明天而奋斗。我们要始终盯着未来，不要过多权衡已经做出的决定，也不要反复测算自己究竟走了多少弯路。不要回头望，不要跟过去纠缠不清。

我不愿也不敢去回味那些令人遗憾的决定，我心里很清楚，这一路过来，我并没有找到过或者尝试去找什么捷径，我几乎一直在走弯路。我总是先慌乱而无序地吸收很多东西，然后再艰难地舍弃那些多余的部分，这很浪费时间。我不知道如何更巧妙、更高效地分配自己的时间和精力，我每次都是全情投入。孤注一掷的果断并不能给予人真正的慰藉、自信和安全感，也无法保证胜算。

归根结底，我是一个目光短浅的人，总是会不自觉地过分关注当下，过分投入眼前的事务。当这种努力遭受打击之后——它经常遭受打击——我就只能默默地收拾心情，下一次还是义无反顾，依然故我。

这种周而复始的过程会导致严重的内耗，同时也会培养出足够的耐心和韧性。如今，我也渐渐释然了。衡量得失成败的标准是由别人赋予的，而我们所能做的只是探索自己的无限可能，不断接近更真实的自己。那些让人心有不甘、隐隐作痛的经历，并不能称之为遗憾，更不能算是弯路，它们只是生命中必不可少的煎熬，我们无须躲避，无须将它们剥离出去。

每一次做年终总结时，我都会列出自己这一年的成长，然后我发现，我所得到的东西和所失去的东西，居然一直神奇地保持着平衡。也就是说，我们并没有真的失去过什么。时间，金钱，情感，它们终归会以另一种形式回归到我们的生活中。

对一件事的价值和意义进行事前的权衡，并不会让人有更多的胜算和底气。很多时候，我们只是凭着一腔热忱就开始了单枪匹马的战斗。偏偏是这种不计后果的笃定，更能激起我们的决心和潜能。设定终点，不是为了抵达，而是为了给自己指引。我们不要害怕走弯路，所有的弯路都不是无用的，都会成为一种获得和拥有。

在奔向终点的过程中，我们要倾尽全力、毫无保留。也许，我们的一些缺点会暴露出来，让我们感到难堪和羞耻，但这也正是成长的证据。很多选择，未到盖棺定论的时候，不能说一定是错的；很多弯路，也许正是柳暗花明前的一处转弯；很多看似无用的东西，也许正在不动声色中塑造着更优秀的你。

日子还长，路途遥远，别问值不值得。

△ 越是迷茫的时候，越要选难走的路

从决定运营微信公众号开始，到现在已经有一年半了。

我的初衷是想把它打造成一处完全私人化的空间，用于妥善安置一些并不成熟的观念和想法。

我自始至终不敢自称是"自媒体人"，因为这一身份已经被越来越多的人滥用。由于入驻自媒体平台是零门槛，所以近几年公众号数量呈几何级数上升。但是，大家并没有意识到，自媒体也具有一定的媒体属性，运营公众号需要有相当的写作能力和独立思考能力做支撑的。

　　很多经营自媒体的年轻人，眼下已经具备了相当的影响力，但我怀疑他们是否能保持持续学习的热情，是否能很好地运用自己的影响力。对我来说，这难度太大了。我在这个新兴的领域毫无经验，而且我的学识水平尚不足以保证我能对公众输出正确的价值观。我害怕自己被人误导、哄骗、戏耍，却毫不自知。如果走到这一步，那就违背了我的初衷。于是，我自觉地与点击量之类的指标保持一定的距离。在这个追求立竿见影的时代，我决定与之背道而驰。有不明就里的朋友会为我的公众号的流量和前景担忧，我并不解释什么。我接受他们出于好意的所有建议，但我必须要想清楚，自己真正想要的是什么。这一向是我安全感的来源。

　　在想清楚这个问题之前，我经历了很长的一段迷茫期。那段时间，我通过拼命工作来填满因为迷茫而产生的空虚感，然后莽撞地选择了也许是最难的那条路。

　　大家都知道，凡事有了明确的目标，才会产生健康而持续的内驱力，但我现在觉得这很难。对年轻人来说，最可怕的并不是迷茫和困惑，而是不敢摆脱世俗的眼光，即使对当下的状态有所犹疑，也不敢努力去改善它。我怕的是，我们有一天会变得很懦弱，我们的热情在日复一日的无措和麻木中消耗殆尽。

我就曾短暂地陷入那种无所事事的状态。我不敢面对未来的生活，不愿跟他人分享自己的生活感悟，敷衍他人的友善和关怀，以避免跟任何人产生更加亲密的联结。我将自己从人群中隔绝出来，完全沉迷于幻想的世界里无法自拔，然后极速地下坠。现在回过头去看，我很难说清楚那是不是真的愉悦。我忘了自己后来是怎么从那种状态中走出来的。我只记得，某个夜里，我对着镜子里的自己破口大骂，心中满是失望。在最应该融入人群，不断从外界吸取养分的年纪，却选择沉浸在自己的世界里，无疑是对青春的亵渎。

无论是在什么年纪，故步自封都不值得原谅。

从那以后，我变得对迷茫期来临的前兆极为敏感。每当这种时候，我就会主动出击，而不是坐以待毙。王家卫通过电影《堕落天使》中的人物之口说："当你年轻时，以为什么都有答案；可是老了的时候，又发现原来什么都没有答案。"

有时候，我们努力寻找一些东西，是为了拥有它们；有时候，我们努力寻找一些东西，只是为了体验寻找的过程本身。一些偏执的、疯狂的尝试，未必会带来你想要的结果，但肯定会成为一种命运的指引。我相信，所有的路都不会白走。

如果你很纠结、很迷茫，那就去做一些具体可见的事情，这会转移你的注意力。克服恐惧、焦虑和迷茫，不是要逃离它们，而是要靠近它们。越是胆战心惊，越要迈开步伐，越是江湖险恶，越要磨刀铸剑。

不要因为空虚、迷惘就纵容自己，选择最轻松的那条路。毕竟，未来还很长，苦要现在吃。

◢ 你是自己的过来人

这一个月以来，我东奔西走，一直很忙碌。

今天，在返程的巴士上，看着车窗外夜色渐沉，竟有几分昏昏欲睡的疲倦感。车上人影绰绰，大家有着不同的肤色和发色，而神情却如出一辙：木讷，倦怠，淡淡的冷漠。这大概是每个人一天中最想保持沉默的时段，也是一天中为数不多的独处时光。

我想要微笑。

巴士一站接着一站地停留，重新启动，然后再次出发。在这个狭小的空间里，迥然不同的人们聚拢来，然后分散开，从高峰期的人满为患，到临近终点站时的寥寥数人。这个过程跟昨天、上一周、上个月、去年，都没有什么不同。

《一个人的朝圣》一书里写道："有些事情可以有好几个起点，也可以用不同的方式开始。有时候你以为自己已经展开了新的一页，实际上却可能只是重复以前的步伐。"

我觉得我的人生就在不断重启，不是重复以前的步伐，而是翻开崭新的一页。

数年前的今天，当我结束十几个小时的飞行，走出机场的那一刻，我的皮肤被滚滚而来的热浪所灼伤。这里是典型的热带气候，跟故乡的寒冷干燥非常不同。这里空气潮湿，阳光明媚，地域广袤，植被丰富。由于地广人稀，人类的建筑物反倒像零星点缀其间的装饰物。

那时候，我住在当地的寄宿家庭，周围都是陌生人。房东是当地大学的老师，每天晚餐时间，他都会询问我当天的心情是否愉快。随着时间的推移，我的回答也变得越来越热情、开朗，这是一种让我感到欣喜的变化。夜晚躺在床上，听着玻璃窗上的壁虎发出奇异的叫声，我有一种错觉，仿佛我身体里晦暗的、怯懦的、腐烂的、被自己所不齿和厌恶的部分，统统遗留在了大洋彼岸。我的生活正在经历一次更新。

我将这视为新的开始。我尝试新的生活方式，制定新的奋斗目标，让一些纯粹的、热烈的、崭新的元素进入我的身体，并感受着这些陌生的元素入侵我的身体之后所激发出来的能量与活力。

在接下来的日子里，我确实在发生蜕变，但远没有刚开始时那样剧烈。我偶尔会敏感地察觉到自己故态复萌，骨子里的一些劣根性无法被彻底根除。人永远无法做到脱胎换骨。大多数时候，我们自以为冲破了某种束缚，其实也不过是在固有的基础上做一些局部改动。

去年年末的时候，我见到了一个许久未见的朋友。她的模样跟几年前已经大不相同，少了年少时的柔软、慌乱、青涩，多了坚硬、冷静和锐利，而且身上多了成年人的戒备和果决。在同学聚会上，她见到了曾经欺负过她的女孩，竟然依旧会感到慌张和无措。这种恐惧和自卑让她很受挫，她说："在那一刻，我很难过。我一度以为自己已经变得不同了，但事实上，什么都没有改变。"

我们之所以想要重新开始，想要完成一个华丽的转身，不过是想要忘掉旧日的自己，逃避一些往事，譬如，我们曾经犯过的错误，曾经说过的谎言，曾经受过的伤害，曾经遭受的屈辱。

朋友这样评价我这几年的成长："你用力地挖掘、探索自身的极限，我知道你在通过这种方式来摆脱、否定曾经的自己。"

那一瞬，我明白了自己为什么活得如此纠结。我一度以为，重新开始的意义就在于逃离。但不是这样的，重新开始的意义在于和解。我们要心平气和地对自己进行种种修缮，尊重过去的自己，悦纳自身的不完美，不要激烈地反抗、批判自己。

我们可能终其一生，都要跟往事纠缠不休，接受它们的种种影响，但这才算是完整的自己。布尼尔祈祷文中有一句话："愿上天赐予我平静，接受无法改变的；赐予我勇气，改变可以改变的；再赐予我智慧，分清这两者。"

在一次又一次的自我解构和重塑中，愿我们都能在某一天，跟过去的那个自己握手言和。

◢ 女人越独立，活得越高级

　　我一直觉得自己并不具备典型的女性思维。大多数时候，我的思维方式偏中性。在任何一段关系中，我会下意识地产生保护他人的欲望，也会因为激起了别人对我的保护欲而感到羞耻。

　　大概是因为最近太过劳累，就在前几天，我积累已久的情绪突然爆发了。一贯冷静自持的我，似乎有失控的趋势，而生活也失去了固有的平衡。我如同置身于一个巨大的旋涡之中，孤立无援，只能目睹自己一点点被生活吞噬，而它并不会因为你是女性就会手下留情。

　　那一刻，我比任何时候都更渴望得到陪伴。我身体里女性的、软弱的一面暴露无遗。

　　我一直在踽踽独行，想要步伐轻快，就必须学会冷漠，学会克制自己对外物的眷恋和依赖，这是保障能持续从自身提炼、汲取能量的基本前提。而此时，我尚不具备恋爱的条件，它对我来说太过虚幻，也不能给我带来任何有效的激励。

　　我羡慕那些能说出"我爱你"的人。很长一段时间里，我因为不能理解什么是真正意义上的爱情而感到困惑。我总是能够异常精准地分辨出近似爱情的种种心悸的来源，它们都是弥足珍贵的情感，但无一例外都不是爱情。偶尔也会遇到向我示好的男性，但当我将那缥缈朦胧的情感一一分割、肢解、抽丝剥茧之后，发现其本质也不过是了无趣味的本能和私欲。我惊讶于这些浅薄的情感竟然能让人义无反顾地将自己交付给另一个人，然后组成家庭。很多人能在这个过程中获得愉悦，但我不能。

　　朋友很担心我的状况，但我知道自己只是对这种根基浅薄、摇摇欲坠的东西充满了本能的戒备而已。我并不愿拒绝任何来自外界的友善，但我也不会抱有任何不切实际的期待。

人在年轻的时候，最好不要仅凭感性去生活，尤其是在处理两性关系上。我一直觉得过于感性是一种缺陷，尤其是对女性来说。

正因为是女性，所以我们更要具备独立的意识和完整的人格，做好即使一个人也能很好地生活下去的准备。情侣关系并不像想象中那样稳固，或分道扬镳，或劳燕分飞，总是充满了各种变数。在任何一段长期的关系中，如何在深度融入对方生活的同时，还能保持彼此的独立和自由，这是需要极高的智慧的。什么时候可以妥协，什么时候应该坚持，这本身就没有一定的标准，而偏偏是这些全靠自己裁决的东西，可能会毁灭或成全一段关系。

"你还是太年轻了"，这是长辈对我的评价。我深知现在的自己，还没有走到因为厌倦奋斗或走投无路而需要找个依靠的地步，因此，我也理解不了一些漂泊无依的年轻女性对家庭和伴侣的极度渴求。没想到，就在前几天，我内心深处对伴侣的渴望竟然冒了出来。我尝试用一贯的方法来安抚这种不安：更努力地学习、工作，更用力地取悦自己，将那种突如其来的渴望掩埋在忙碌的生活之下。

庆幸的是，我终于懂得那种焦躁和不安来自何处了——我无法否认自己已经萌生对一处稳定的居所的渴望。

毕竟，我做生活的旁观者已经太久了，我不再满足于只安住在精神上的故乡。那个时候，我无比确信，我需要为这个目标而奋斗了。

想必每个人都曾面临过这样的瞬间，你开始重新审视自身的完整性。当我们突然发现自己精神世界的断层时，我们无法依靠他人，只能自己将自己粘连、拼接起来，自行疗伤。

没有谁是完整的，也正因如此，我们才不能放弃任何一个可以将自己变得完整的机会。不要从外界和他人那里寻求庇护，不要用虚幻的爱情来抵御现实的艰难和虚无，那只会成为更沉重的负累和枷锁。与其被动地等待别人的承诺，不如主动接受千疮百孔的自己，然后靠自己的力量站起来。我们终归要自己站起来，终归要独自面对生活的幸运和苦难。

在那个晚上，我无声地、用力地大哭了一场，然后就清醒了。原来眼泪不只是软弱的象征，还具有治愈的功效。我从这种简单的方式中得到了慰藉，就像完成了一场仪式一样。我知道，这一次我又赢了。

　　我再一次接受了匮乏且无依无靠的自己，并且重新拥有了创造未来的信心。我毫不怀疑，在未来的某一天，我能在困顿中安之若素，自我修补，然后走向自我圆满。自己能够救赎自己，方能刀枪不入。

△ 走出舒适区，你的人生才真正开始

在路上遇到一位曾经给我们上过课的老师。他看到我非常兴奋，问我有没有时间去给学弟学妹们传授一下演讲的经验。因为时间有冲突，再加上我水平有限，自认为并不具备向他人讲述经验的资格，于是就婉拒了。

我以前极其不善言辞，甚至当众讲话的时候舌头都会打结，没想到现在居然被人邀请去分享演讲经验。

我为自己的进步感到欣慰，因为我并不觉得所有的进步都是自然发生的，而是刻意练习的结果。至少，在我身上是这样。

我是个惰性极强的人，所以需要不断提升自己的意志力，对自己提出近乎自虐的要求，然后坚定地执行下去。很多时候，我需要自己推动自己向前走，而不是等待一些改变自行发生。

几年前，我在课堂上跟大多数同龄人一样腼腆、害羞，缺乏自信。每当有当众发言的机会时，我们就退避三舍。但我跟他们不同的地方在于，我当时已经意识到，要想在众人面前思维清晰、口齿伶俐，就要经过反复的实践和训练。我们要投入很多的时间，要有足够的耐心，要有勇气将自己的缺点暴露给别人。

我是懦弱的人，但当某一种特质阻碍我的成长时，我就不允许它继续存在，而是会想办法改造它。于是，我开始竭力争取每一次登台演讲的机会，我把它们视为进步的阶梯。

某天上课的时候，在分组讨论之后，各小组要选出一名代表，登台用英文进行辩论。我们小组的组员互相推诿起来，我勇敢地说："我来。"正是从那一天开始，我不再屈服于自己的恐惧，也不再对自己的软肋无计可施。我开始从演讲中体会到快乐和满足，我喜欢听自己那不紧不慢的声音回荡在整个空间里，也不再因为被众人关注而感到焦虑和无措。我享受这个过程。

　　有人说我在台上和台下表现出了截然不同的性格和状态。我觉得这个评价很有趣，我为自己的改变感到自豪。我第一次意识到，强迫自己走出舒适区，对一个人来说有多重要。

　　这种改变一直持续到我来到异国他乡的第三年。这里陌生的一切都让我感到惶恐，我知道自己闯入了一个很难融入其中的地方。为了更好地生存，我需要尽快调整自己以适应这里的节奏和风格，而不是一直与之对抗，尽管调整的过程同样很艰难。我会定期改变住址，刻意将自己置于一种动荡的处境，然后不断调试、改变自己的生活模式。我本来是一个崇尚稳定的人，并不喜欢任何变化莫测的东西，但在不断改变住所这件事上，我却觉得并无不妥。我不需要廉价的安全感和稳定感，而不停地改变住所可以帮我克服懒惰，让我时刻保持警醒，而不是被庸碌的生活消磨掉战斗力。

　　在某种程度上，舒适意味着安全、稳定、零风险，但那不是年轻人应该享受的生活，它应该是中老年人的特权。

　　我庆幸自己一向活得并不轻松，一直在求变求新。每过一段时间，我就会跳出自己熟悉的领域，尝试去接触陌生领域的人和事。他（它）们会给予我灵感和指引，让我去探索更大的世界，去贴近更真实的自己。

　　每当这样做时，我才发现，我的人生刚刚开始。

第六章

谁不是一边"丧"，
一边热爱生活

对他人抱有期待的前提，
△ 是自己可以满足自己

我时常会收到一些读者的邮件，多涉及生活琐事，以倾诉烦恼为主。我有时会回复，有时不会，端看他们是否真的需要一些建议。

他们挣扎于当前的困境，或失望，或怨恨，或哀伤，或忏悔，总之，我从他们身上看到，想要维持和谐的人际关系确实很难。

其中一些人的痛苦，缘于他们对别人的过分期待。他们因为别人无法满足自己的期待而心理产生了不平衡，进而指责别人背信弃义。

我也曾有过类似的经历，最近的一次发生在几年前。在专业课上做小组作业的时候，我遇到了不负责任的组员。当时我也没有准备预案的习惯，于是，在最后一次的正式演讲中，我们组全军覆没。我们组的成绩之低对于当时的我来说是不可容忍的。不过，我并没有试图去责怪谁，因为以任何一种方式对既定结果表达自己的愤怒，都是无用且无能的表现。我反而觉得这是值得一生铭记的经验：不要轻易交付自己的信任，信任他人远不如信任自己来得可靠。

　　于是，之后再遇上小组作业，我便习惯了自备B计划。虽然是额外的工作，也不一定会用得上，但我却觉得莫名踏实。有人跟我说："女孩太独立的话，会让人不敢亲近。你要学会依赖别人。"我觉得我很难依赖别人。随着年岁的增长，一个人能够信任的人会越来越少，因为自己尚且很难成为被别人信任的对象。

　　记得大一即将结束的时候，我在国内找到一份实习的工作。父母提醒我说："在那里，别人的能力和水平都远高于你，你要想清楚自己的定位以及此行的目的。"他们虽然没有明说，但我知道，他们是想告诉我："不要指望别人会照顾和指导你，如果受到了冷落或轻视，也是很正常的；你要认认真真做好分内的事，要主动学习，不要等着别人来帮你。"

我能够很自然地接受这种现实，我没觉得有什么不公平，这是我擅长的部分。我会保持一颗平和而踏实的心，做好自己的本职工作，不会给任何人增添不必要的麻烦。出乎意料的是，我不仅收获了肯定和赞扬，而且得到了一些指导和建议。我受宠若惊。

我想，不管是在团队合作中，还是在实习工作中，我们都不要对他人抱有过高期待。年轻人总是对外界抱有一种善意和热情，总是幻想这个世界会回馈以同等的善意和热情。这是一种侥幸心理。我们不要因为别人出于礼貌的轻声细语，就认定别人会无条件地对你伸出援助之手。人际交往虽说并不是全以利益得失为考虑，但利益得失绝对是很重要的衡量标准之一。我庆幸自己在步入成人世界之际，能够明白这个道理：绝对不可以对别人抱有天真的期待。

我们一开始就要降低期待，如果有人真的愿意帮助我们，我们要心存感激，不要认为这是理所当然的。

一个朋友刚过热恋期就开始对自己的伴侣满腹牢骚：他远远

没有想象中体贴，他经常忘记他们的恋爱纪念日，忘记送她礼物。她所期待的惊喜，他都无法或不想去满足她。

她考虑是不是要跟他分手。

我说："恭喜你！你终于意识到了，这个世界上没有完美的爱情和男友。"她失望至极，反而觉得我过于现实。我说："我只是明白，在亲密关系中，人们很容易将自己的完美想象投影到对方身上，产生一厢情愿的期待感。而当期待落空时，我们就会感到不满和痛苦，甚至觉得自己被欺骗了。但事实是，没有人有义务、有责任，为了满足我们的完美想象而扭曲自己的本性。"

以爱的名义去要求对方，向对方索取，极易发酵、衍生成为另一种形式的道德绑架。我想，我们之所以会产生这种心态，大概是因为我们很想改变现状，但又没有能力改变自己，于是就想归罪于别人，以掩饰自己的无能。

我对自己说，每当想要质问别人"为什么"的时候，其实更应该问自己一句"凭什么"。比如，我凭什么期待、要求别人为我付出？我常常以此来审视自己：我是否企图去支配、操控他人？我是否只想索取，不想付出？我是否丧失了独立意识，一心只想依赖他人？

我们要争取做到两件事：一是通过自己的努力，强大到不需要别人的帮助；二是通过自己的努力，强大到有资格得到别人的帮助。其实这两件事都基于一个前提，那就是，你要有独立意识，要具备自己满足自己的能力。

我们不能仰仗运气，而是要依靠自己，信任自己，为自己负责。

纪德说："独立是一种贫困状态。许多事物向你讨债，但是许多事物也支持你。"确实，独立并非易事。很多时候，我们向他人索取，只是为了掩饰自身的贫瘠和虚弱。如果我们有勇气正视和接纳自己内在的匮乏，能够通过自己的努力而获得满足感和安全感，那么，我们就不会奢求和贪图别人的恩赐，也不会降低姿态，让别人以爱的名义来摆布、利用、操纵我们。

一个朋友刚从一段让她感到筋疲力尽的情感关系中挣脱出来，她终于意识到了问题出在自己身上："我跟他不适合，他的内心还太幼稚，而我需要给自己一些私人空间，让自己继续获得提升和成长。"

　　他们并不是不适合，她只是明白了，能让人变得完整的从来都不是爱。妄想通过爱与被爱来变得完整，说到底，不过是因为自己还不够强大。我们要学会跟他人产生关联，同时也要学会不对他人抱有不恰当的期待。

　　我们所渴望的完整，终归要自己给予自己。

◬ 让我们继续活在社交网站之外

从2016年开始，我的交际圈不断扩大。

我认识了很多人，也在社交网站上跟越来越多的陌生人建立了联系。他们有着不同的国籍、年龄和身份。在现实生活中，我会跟新认识的人进行愉快地交流；在虚拟世界中，我跟陌生人的联系则仅限于浏览彼此的个人主页，了解彼此的生活状态。

2016年之前，我在社交网站上很活跃。我非常想展示自己，想表达自己的一些想法。后来，我就只是例行公事似的刷新一下、浏览一下别人的动态。我对社交网站的兴趣越来越淡，也越来越不喜欢窥探别人的生活。很长一段时间里，我不知道这些流行的社交网站对我有什么意义。

2016年之后，我就不想在社交网站上表达自己的情感和观点了，因为以这种浅薄的方式来证明的自己存在感，实在是毫无意义。我开始变得克制、收敛、戒备而冷静。2016年一整年，我一共才发了28条动态，其中还包括旅行中所拍摄的风景照以及与我的专业相关的演讲链接。我不再发布任何私人化的感慨，基本上都是一些不加修饰的、中规中矩的、客观而冷静的生活记录。

我觉得这样挺好。

我不再表达自己的主观看法，而只是展示自己的客观存在，我试图拿捏好两者之间的平衡。我们有义务让亲朋好友知道我们的生活状态，同时也要学会享受孤独，隐忍而沉默地独自前行。

在社交网站的世界里，我们都是一面在窥视他人，一面又被他人窥视。社交网络里没有秘密，但它又是由秘密组成的：泛滥的倾诉欲，言不由衷的话，经过层层美化的残忍，真假并存的信息……它操控着我们的生活节奏，剥夺了我们的自我特征，蚕食着我们的精神领地。它虽然不是洪水猛兽，但我们要努力摆脱它，因为在它里面，没有我们所渴望的真正的精神归宿，我们也无法从中找到真正的自己。

生活应该是艰苦的，我们无法用滤镜来美化它，也不能为它配上音乐来渲染气氛。在现实生活中，我们无法像收获"点赞"那样轻易地得到别人的认可。

现在的我宁愿把自己隐藏起来，也不愿把时间和精力浪费在经营一个虚拟的个人形象上。如今，在我的微信朋友圈里，频繁地发状态的人已经越来越少了。我也在学着以一种"留白"的方式，把自己呈现给别人。

前段时间，我重新整理自己的设计作品，准备把它们集合成册。一个资深的设计师对我说："在为了申请工作而制作作品集时，你要学会取舍，挑选出最能代表你自己的作品。"这就像我们在各种社交网站上所做的那样：利用社交网站的种种功能和特征，将自己全然地或有所隐瞒地表达出来，以此来缩短或扩大同他人之间的距离，建立或切断各种联结。

有时候，我会产生一种矛盾心理：一方面，我们都是孤独的，所以我们渴望与别人建立联系，渴望得到别人的关注和理解；另一方面，我们也会因为被别人窥见自己的隐私、伤痛而产生羞耻感。这种心理非常微妙。

我无法做到坦率，只能选择隐瞒。很多时候，别人会觉得我积极、充盈、高效，因为太过独立而显得高傲。这种形象会拒人于千里之外。同龄的女孩更希望拥有一个能够一起抱怨课业繁重，一起因为生活压力而放声大哭的闺密，而不是一个像机器人一样永远不知疲倦、成竹在胸的同类。我不够温柔体贴，也无法为了迎合她们而放慢自己的脚步，或者改变自己的生活方式、思维方式。也许，我并不适合跟她们做朋友。

只有少数的同龄女孩能够理解和接受我近乎自虐的严苛，对工作的无限热忱，近乎病态的不知满足。我感谢她们的包容。

我不愿向别人展示太多的自己。我并不认同很多同龄女孩的兴趣和爱好：化妆品，衣服，游戏，明星，各种各样造型别致但并无实用价值的物品。她们不能理解我买书时的慷慨，我也无法理解她们整天穿梭于商场的愉悦。我知道我的品位和审美并不为主流人群所接受，所以，我很少向人们提起它们。

在20岁的年纪，我脱离了同龄人的群体，过着一种近乎与世隔绝的生活，就像一个程序漏洞一样。那时候，我在社交网站上发布的状态，更像是一种模仿。我通过社交网站来分析和观察我不曾体验过的陌生事物，我尽量表现得像一个正常的20岁女孩那样，记录这个年纪的女孩本该感兴趣的事情：西式甜点，文艺电影，等等。那个时候，我极度渴望融入这个时代，感受它浮夸的、荒诞的、媚俗的、虚张声势的美，感受它的贪婪和空虚，感受它如何引诱人一步步迷失其中。那时候，我不愿一直沉浸在自己的世界里，我担心自己会被这个时代所抛弃。不过，我现在懂了，能够跟社交网站保持一定的距离，是一件多么幸福的事。离开了社交网络，我们才能保证人格的独立性和完整性，保持精神的洁净，不被那些真假难辨的信息操纵和诱导。我依然是我，依然拥有敏锐的感官和坚定的信念，这些已足够支撑我全然沉浸于真实的当下，并保持自由而单纯的状态。

我可以随时跟朋友们分享自己的感受，但不必为了他们而改变自身。我们虽然相隔很远，但仿佛不曾分离。

我认识一些女孩，她们在ins网站上是知名的博主。在这样的社交平台上，她们所展现的形象跟现实生活中的自己完全不一样，当然，这种虚拟的美并不会让人觉得无聊。我很佩服她们能够在镜头前熟练地展示自己，佩服他们对社交网站依然拥有热情。但我做不到。我没办法将真实的生活和虚拟的生活分割开来，然后知道何时可以沉浸其中，何时需要抽身而出。即使没有强烈地排斥社交网站，我也不能随波逐流，向着违背自己意愿的方向发展。

愿我们能一直活在社交网站之外。

谁不是一边"丧"
一边"燃"地热爱着生活

距离高中时代已经很远了。

去年回国过寒假，正巧赶上好友返乡，机会难得，于是我们约在人潮涌动的快餐店见面。我们聊起上学时的很多故事，那些情景依旧历历在目：那时候，我们会被各种各样的烦恼弄得心神不宁，会因为考试成绩不好而伤心落泪……

有一段时间我总是在想，如果我们频繁地遭受打击，变得对一切打击习以为常，我们是否因此就会对痛苦产生免疫力。我现在觉得这是不可能的。事实上，每一种痛苦都是不一样的，每一次打击都是全新的伤害。我们依旧会疼痛，会流泪，这并不是丢脸的事情。

人不会变得越来越坚强，但会变得越来越坚硬。我们受伤的地方会流血，然后结痂。我们会对熟悉的痛苦变得麻木，却很难对陌生的痛苦无动于衷。

回头去看过去的经历，我们会发现，那些曾经让人束手无策的问题，如今已不知不觉间有了答案。有时候，我们未必找到了真正的答案，但我们已经抵达了下一个阶段，足以理解以前的困顿和困顿背后的因果。我们不再同它们剑拔弩张地对峙，而是学会了与它们和平共处。

不过，当进入新阶段之后，新的问题和困难又会随之而来，我们需要再次体验束手无策的感觉，然后独自摸索、反复审视，直到再次进入下一个循环。这就是人生。

去年春节我是跟家人一起过的。现在看来，这是多么奢侈的愿望。我小时候并不明白"阖家团圆"这四个字意味着什么，直到后来，在新春之夜，我在异国他乡的图书馆、办公室忙碌到深夜，然后通过微弱的电波对亲人说出新年祝福的时候，我彻底懂了。大洋彼岸的张灯结彩、人声鼎沸均与我无关。

新年是家人团聚的时刻，每年那个时候，一家人可以坐在一起，分享一下一年来的心得体会。出国后第一次回国过新年时，我突然听懂了长辈们言语间所透露出的无奈、困惑、煎熬、骄傲、欣慰、满足。我曾经很不喜欢这种人声鼎沸，充斥着客套寒暄的聚会，但现在，我开始尝试着去理解这种热闹和繁杂背后的辛酸。我看着他们露出慈祥、宽厚的笑容，不愿去想象他们被生活逼到走投无路时的狰狞表情。

每个阶段都有每个阶段的烦恼和压力。人生不会变得越来越轻松，它一向是艰难的。

我开始热衷于参加长辈们的聚会。坐在一群人生阅历远比我丰富的长辈中间，我不会肆意地发表自己的看法，只要静静地聆听，就可以受益良多。我们都经历过同样的悲欢，因此，两代人之间并不存在真正的隔阂和难以逾越的代沟。当我尝试用对方的方式去思考、观察当下的生活，听他们讲述生活的窘迫、时代的交替、观念的变迁时，我发现，我们都是在时间之流中，体验着大体相似的人生，经受这同样的煎熬、孤独和迷茫。

命运对我们一视同仁。

当我来到一个陌生的地方开始独立生活时，我并没有足够的智慧和经验来对抗生活的恶意。我手足无措，但不愿向千里之外的亲友求助。那时候的我软弱、内向、固执，也因此吃了不少苦头。

我不会嘲笑彼时的自己，也不会赞扬她。我从不觉得她需要安慰、怜悯或者疼惜，我固执地认为，那些外人眼中的自讨苦吃、自我苛求，都是我成长的见证，是我必须承受的东西。

朋友批评我说："在亲密关系中，要学会示弱，学会求助。"我明白这个道理，但我做不到。因为我知道，人在困顿的时候，最需要的并不是关怀和安慰，而是独自承受这种痛苦，然后独自摸索出自救的技巧。我们要承担起自己应该承担的部分，忍受自己可以忍受的部分，自我开导，自我拯救，在困境中抓住那根救命稻草，然后将自己救出来。

我们何其幸运，因为我们是有学习能力的动物。想要依靠他人，真的是一种不切实际的奢求，因为大多数时候，我们能依靠的只有自己。学会坚强，不是为了未来可以不再流泪，而是为了即使泪流满面,我们也能独自站起来,继续前行。如果有可能,我们要成为别人的依靠,成为那个可以帮别人擦干眼泪的人。

人生的苦难太多,没有人帮你,是因为你自己可以挺过去。

很多人二十五岁就死了，但直到七十五岁才埋

我所就读的大学非常注重学生的实践经验，因此，关于地理信息科学的理论知识就教得很少。但是，如果想达到导师的要求，甚至获得高分，就必须做大量的课外研究。这一部分全靠自学。

在过去的十几年里，我一直是一个很被动的学生，从来没设想过课堂之外的学习是怎么样的。我的头脑并不活络，在生活和学习中，也不是一个想象力丰富、敢于挑战、敢于打破局限的人。我曾一度认为自己更适合从事数据支持的事务，而非创意类工作。

我虽然像母亲一样，对美学和艺术充满了热爱，但却更擅长逻辑推理和理性分析。很多时候，我觉得自己可能会比同龄人更容易形成思维定式，并影响专业能力的提升。

在见识到国外大学这种过分自由的教育方式时，我的确适应了很长一段时间。

大一过半时，我发现了自己的一个劣势，那就是，跟同班同学相比，我提出的创意总是不够惊艳，不够引人瞩目。我希望能在作品里体现一些更生动、更强烈、更大胆、更疯狂的东西。我意识到，虽然我头脑中的一些想法呼之欲出、蠢蠢欲动，但却被某些无形的条条框框给限制住了。

问题的根源并不在于我运用软件的能力和手绘技能，而是思维习惯问题和眼界问题。因为没有见识过更多元化的作品和理念，我甚至都无从模仿。于是，在每次着手绘制草稿之前，我都会进行大量的阅读和背景调查。日积月累，一些关键词就会从那些厚重的书本和纸张、繁复的文字和图画中冒出来，它们就像一粒粒珍贵的种子，成为我设计理念的核心和基础。

这几年我逐渐意识到，学习并不是某个年龄段的任务，而应该成为一生的习惯。我们的课堂不应该局限于校园，而应该扩展至整个世界。真正有效的学习，不是记忆、背诵，而是要保持强烈的求知欲和好奇心。

学校曾邀请一名著名的设计师来为我们授课。他年过半百，但却有着发达的肱二头肌，看上去更像一位资深的健美教练，而非长年伏案作业的设计师。每当有学生在课堂上提出有趣的创意，他就会露出笑容，两眼发光。他总是能不断挖掘自身的热情和能量，从不浪费生命。他常常说："I am a learner。"

我所接触过的优秀的前辈们，无一不是对世间万物抱有强烈的好奇心。他们在好奇心的驱动下，满怀热情地投入工作和生活，不断尝试、探索，试图超越自己。在我曾经参加过的一个课题组里，一位头发花白的博士经常问我们的一句话是："Do you enjoy it?"（你是否乐在其中？）

我经常能从他们身上获得力量。我告诉自己，不要总是带着强烈的目的性去完成作业，不要忘了享受学习本身的快乐。学习不是一种负累和压力，我们不要抵触它。

有些人老了，却还年轻；有些人还年轻，却已经老了。

新生入学的时候，大都对接下来的大学生活充满了憧憬和热情，他们愿意尝试各种新鲜事物。但当他们融入新的环境，熟悉新的生活方式之后，就会逐渐产生倦怠和麻木。

一个人变老，并不在于他头发花白、满脸皱纹，而在于他失去了体验生活的热情，失去了对未知人生的好奇。当一个人不再愿意尝试任何新的可能，不再愿意改变任何旧的习惯时，也就失去了对生活的痛感。

日本电视剧《legal high》中有这样一个情节，年迈的漫画家在法庭上对着年轻的原告大声说道："我最讨厌优哉游哉地长大的慢性子，比我有时间、有精力、感情丰富的人，为什么比我懒惰？那就给我啊！要把这些东西都浪费掉的话就通通给我！我还有很多很多想要创造的东西，给我啊！"那个年轻的男人泪流满面。

明明是时间充裕、精力充沛的年纪，明明是感情最丰富、情绪最饱满的年纪，明明是观察力最敏锐的年纪，明明是最应该对未来充满期待和热情的年纪，明明是最没有资格懒惰的年纪，明明是最应该保持好奇心的年纪，为什么偏偏要贪图安逸、放弃进步呢？

　　不要在年轻的时候心就老了。请活得用力一点儿，再用力一点儿。

女人的智慧，是最持久的性感

不久前，我受邀参加某个学术类的颁奖晚会。邀请函上写明要正装出席。

我并没有真正意义上的正装，于是翻箱倒柜，找到了半年前买的一条半身裙。因为我减掉了体重，这件衣服就略显肥大，不是很合身，但已足够救场了。

室友第一次见到我穿得这么女性化，非常吃惊，问我是不是去约会。

我平日里需要频繁地进行室外活动，需要随身携带各种绘图、测量工具，太过精致的服饰反倒会影响工作效率，对我来说并不实用。我平常的穿衣搭配就是以朴素为主要原则，衣服也是以黑色、白色、灰色和蓝色为主。我不太愿意在这些事情上花费太多时间和金钱。我应该是一个非常缺乏女性情态的人，我也曾尝试过颜色亮丽、款式新颖的服装，但穿上之后觉得出行困难。

国外的女性不惮于显露自己的身材，即使是有着臃肿肚腩的中年女人，也总是穿着紧裹身体的吊带长裙，露出白花花的半个胸部和整个手臂，昂首阔步地走在大街上。年轻女性则更是身材高挑、四肢纤细，脖颈和锁骨部位有着优雅的弧度。不管她们穿什么颜色的衣服，都十分赏心悦目。

来自新加坡的一位女性朋友，身材小巧标致，极爱穿露脐装和高跟鞋，头发染成了粉红色和灰白色，贴近头皮的位置还有一层漂亮的紫罗兰色。她的美明快而轻盈，是一种非典型性的性感。那时候，我还她那里学来了用铅笔盘头发的技巧。

她有这样一种天赋，即能把随处可见的平常物件稍加改造，用以点缀、装饰自己的美丽。时至今日，我依旧记得她将铅笔从发卷里抽出来那一瞬的风情。她的嘴角放松，头部向左右缓缓地摇摆，长长的卷发便以S形顺势披散下来，既娴静又灵动，既天真又娇媚。

原来性感到极致，就是如此浑然天成。性感确实是一种武器，但它不只与身体有关。

我以前浅薄地以为，性感不过是肉体所体现出的朝气与活力，如今我才懂得，性感更是精神上的饱满和丰盛。金星女士在自传《掷地有声》里写道："'性感'里的'性'，绝不仅仅是床笫上的'性'，而是要用人'性'中的一部分去支撑。"

我所见过的女性里面，凡是我认为能够称得上性感的，无一不是才华与学识兼有，自信与宽厚共存。她们的美很沉稳，很实在，甚至会有一种粗粝的质感。她们的动人之处并不那么外露，甚至大多数时候藏得很深，你需要慢慢体会才行。

遗憾的是，我身边的同龄女性很少具备这种风度和气场。

年轻本身就是一种美，只是有时候，这种美会表现出两种极端，要么过于锐利和强硬，要么过于温软和虚弱。我们依旧无法真正地掌控自己，无法做到自给自足。因为我们内心尚有匮乏，所以并不具备足够的底气和能力，以摒除对外物的迷恋和依赖。

这是一种尴尬的境地。我们拥有性感的外表，却没有性感的内心。我反倒能从年长的女性身上发现一种柔软却又充满力量的魅力。她们的性感是一种洗尽铅华的美，朴素但不寡淡，平和但不平庸，反而会让人产生一种深深的敬意。我想，她们之所以拥有这种特别的气质，大概是因为她们并不试图掩盖自己的贫乏，也不炫耀自己的丰盛。

年轻如我，总是会习惯性地掩饰自己的缺陷，甚至会为自己并不具备的品质而虚张声势。很长一段时间里，我是以一种对抗的姿态，而不是接纳的姿态，去完成而不是去享受生活。我抗拒着真实的自我。

时至今日我才发觉自己误解了很多东西，就像我对"性感"一词的误解一样。性感绝不是暴露、浮夸、矫饰，也不是单纯的感官刺激，而是生活的积淀和自然而然散发出的有灵魂的香气。

你接受了自己，就拥有了自由，你那蜷缩的美也会舒展开来，让你爱上了自己。这样的美，才叫性感。

△ 别在 20 岁，就说过完了这一生

最近有一款游戏非常流行，朋友把它推荐给我。他说我的生活毫无乐趣，要学习调剂和放松才行。"你不是一个可以每天旋转24小时的陀螺。"他说。

我当然知道，自己最近确实有点儿焦虑，因为我自认为已经想明白的一些问题，现在又卷土重来。为了不受焦虑情绪的影响，我把日程表排得很满，强迫自己把精力放在工作上。

工作小组的其他成员震惊于我源源不断的能量输出，形容我就像一台不知疲惫的机器。

我可能是遭遇了20岁的"青年危机"。

成年之后，人就必须独自面对这个世界，承担起自己应该承担的责任。我们必须变得强大，要超越他人，更要超越自己。

我曾经因为身边的人都太过优秀而自惭形秽。我无法对这种差距无动于衷。在很长一段时间里，我把他们当成自己的榜样和"假想敌"。这些榜样因为真实可感而更能激励我前进。

我把自己置身于一场又一场无形的竞赛之中，并不是因为我热衷于竞争，而是因为这种方式能够有效地激发出我的斗志。我对自己的要求近乎严苛，我不给自己留任何余地。对于经手的每一项任务，我都认真对待。

这种近乎自虐的自我鞭策，使我陷入了一种恶性循环。我很清楚，这种状态并不健康。这并不是坚决，而是一种迷茫：不知道自己承受这一切究竟是为了什么，只是想要一个结果。

极度渴望证明自己，才是不断陷入失落情绪的原因所在。

电影《搏击俱乐部》中有这样一段话："我们只是历史的过客，目标渺茫，无地自容，我们没有世界大战可以经历，也没有经济大萧条可以恐慌，我们的战争充其量不过是内心之战，我们最大的恐慌就是自己的生活。"

前段时间，我需要去另一个城市，就联系了送机服务。司机是一位20岁的男孩，开着一辆宝马车。因为年纪相仿，对方又很爽朗、健谈，我们就聊了很多。他说，这座城市对他来说，没有任何乐趣和惊喜。他的生活相当无聊。他父母会按时寄来数额不菲的学费和生活费，但并不在意他的成绩和生活。他对自己的未来没有任何考虑，他每天关心的就是如何消耗时间，如何约到漂亮的女孩，以及如何解决掉那些对他而言无聊至极的课程。

这是另外一种极端。这样空虚地活着，难说不是对生活的一种亵渎。

我身边的大部分人，都介于我和他这两种极端之间。他们会有空虚感和无聊感，偶尔也会尝试去探索生活的意义。电视剧《尼基塔》中有一句台词，大意是说：如果你足够幸运的话，会有人出现在你的生活中，告诉你能够成为什么样的人，应该成为什么样的人。但我认为，我们只能靠自己来寻找人生的方向。后来，我就开始反复思考一些问题，关于自己想成为什么样的人，想过上什么样的生活，等等。

我发现，从小学、初中、高中到大学，甚至后来进入职场，我都是在遵循一种惯性，但我并没有想过别人口中的辉煌未来是否真的适合我，是否值得我为之付出。我不曾真正了解自己，不曾想过要如何更好地掌控自己的生活，不曾客观地评估自身的优势和劣势。我之所以焦虑、茫然和惶恐，正是因为我不曾看清自己的心。

　　生活本就充满局限和漏洞，庆幸的是，我终于开始意识到了这种局限和漏洞。与其称之为"青年危机"，不如把它当成人生的拐点。从此以后，我开始有勇气面对未知的生活，开始追求独立的人格，开始懂得为自己的选择负责，开始以更成熟的姿态去定位自己、探索世界。

　　所谓成长，就是精神世界的不断解构和重塑。我认识到，此时所有的挣扎和煎熬，都源于对自我的无知。我们总是太重视别人的看法，用别人的东西来填充自己的精神世界，这是我们一再迷茫、困惑的根源。我终于在20岁的拐点，找到了内心的平衡。

　　归根结底，每个阶段都有每个阶段要承受的痛苦，从20岁、30岁、40岁到50岁，我们无时无刻不在面临着信念崩解的危机。

正如芥川龙之介所说："我们不可能完好无缺地走出人生的竞技场，为了完整，我们必须先忘记完整，为了拥有，我们必须学会削减和抛弃。"疼痛是必须要经历的，羞耻、自卑、怀疑也是必须要经历的。

这悲喜交加的修行，尽头处一定有礼物，就看我们是否有资格得到它。

太阳尚远，但必有太阳。

◁ 你孤军奋战着，但你也被爱着

学期末和朋友聚餐，庆祝这一年的"劫后余生"。在座的朋友中，有人已经买了好机票，过几天便会飞回久别的故乡。再次相见，大概就是明年的开学季。分别时，朋友冲我笑着说："See you next year！"

明年见。

我们短暂地告别，等待着某一天的再次重逢。这种感觉真好。我搭上回家的巴士，看着站台上的他们逐渐消失在视野里。现在，车窗外的气温是30摄氏度，正值这块大陆最炎热的季节。而此时的家乡是冬天，需要穿厚厚的棉衣。耳机里随机播放到《Move》，这首歌节奏明快，我忍不住点了"单曲循环"。歌词非常应景，仿佛在催促我继续向前。

如今，我在这座城市已经累积了足够多的记忆，以至于回家反倒像是一场旅行。这里已经成为我奋斗的战场，这里已经有了同仇敌忾的战友。

有人曾经问我："你认为，出国给人的最大影响是什么？"这个问题可以有很多种答案，每一种回答都可以自圆其说。我的看法是，出国的经历让我学会了与孤独和解，它让我习惯并享受孤军奋战的状态。

而有时我又觉得，出国让我变得不再孤独了。

在刚开始跟室友合住的时候，她问我："你为什么总是害怕别人对你好？"我一时语塞，不知道该如何回答她。

似乎是童年的不安全感作祟，我并不奢望能够得到别人的信任和纯粹的关爱。我并不觉得自己有能力，能够给予对方等量的重视和爱意，我更害怕当对方发觉我无法满足他们的需求时，露出失望和退却的表情。同他人产生亲密的、相互依存的关系，对我来说非常难。

　　跟我相处久了的人总是说："你彬彬有礼，语气温柔，对每一个人都很亲切，但又始终充满戒备，似乎有意与身边人保持一定的距离。这使得你跟我们之间总是存在一种极难冲破的隔阂。我们很难走进你的心里。"我觉得很是愧疚。我知道自己并不擅长将自己的情感进行合理地分配，要么是过量，要么是不足。我用自己的方式来维系社交关系，用以掩饰自己对亲密关系的恐惧。

　　出国之后，有很多很多次，我是靠朋友的帮忙才渡过难关的。人与人之间不可能做到两不相欠，人情的羁绊总是会不可避免地产生。我周围的朋友年龄通常偏大，他们拥有更丰富的人生阅历，是我的前辈。我感激他们对我的潜移默化的影响，于是我开始去学习接受关怀、施与爱意。

　　我调整自己的节奏以适应他们的步伐，我努力记住他们的生日、爱好和计划，我定期安排出时间跟他们共处。

　　如今，我能感受到自己的变化。我依旧坚持自己的一些同周遭格格不入的原则和习惯，偶尔也会因为对自己太苛刻而显得不易接近、近乎冷酷，但以前的那种孤僻感已经离我越来越远了。

我认为自己正在接近一种最理想的状态:既拥有孤身一人去战斗的勇气,也能感受到世俗人情的温暖。这对于我来说,是非常珍贵的记忆。

理查德·耶茨在《十一种孤独》一书中说道:"所谓孤独,就是你面对的那个人,他的情绪和你的情绪不在同一个频率。"作为讨好型人格,我在进行日常社交时,往往会下意识地调试自我以适应他人的频率。这种心态让人备感疲惫。所以,我清楚地知道,讨好并不是虚伪,而是另一种形式的真诚和善意。我也知道,所有和谐融洽的关系,都是以一方对另一方的谦让和纵容为基础的。因此,我并不期待某一天会遇到能跟我心意相通或拥有高度共鸣的人,我觉得这是一种奢求。能够遇到可以同行一段路程的人,我已经非常满足了。

人生来孤独,我们身边的人总是来去匆匆。我们无权要求他人长驻于我们的生命之中,更无权要求他们站在我们的立场来理解我们。我觉得人与人之间最好能保持一种亲密的冷感,可以了解和知悉彼此的生活,但要竭力避免成为对方的负担。我也经历过一些艰难的时刻,但彼时的我并不需要任何人的怜悯和理解,我需要的是行之有效的建议，或者是沉默的陪伴。每个人都有自己要面临的困境，我们不必去当"救世主"，他们自会挣脱。很多自以为是的关怀和好意，其实是多余的。我们都有一段孤独的路要走。当别人陷入痛苦时，不要过分打扰别人，这才是真正的有教养。

昨天接到挚友的电话。我们如今天各一方、聚少离多，只能通过电话或网络来分享各自的故事。但我们依然非常亲密，并没有因为时光而变得生疏。我觉得很幸福。我认为真正的友谊就是，两个人就像两条平行线，他们有各自的成长轨迹，不会过度干涉彼此，却永远相伴而行。

母亲有一位好友，两个人从高中时代相识，直到今天还保持着亲密的关系，尽管她们有着截然不同的人生。当母亲跟我讲过她们的故事之后，我认识到，这段友谊之所以能维持这么长时间，是因为她们能在这段关系中保留一定的空白。她们会跟对方分享自己的苦楚和迷茫，将对方视作自己最值得信任的人，但同时又不试图控制对方的意志，干涉对方的选择，不过度触及彼此的隐痛，而是选择尊重彼此生活中的灰暗面。

我终于明白，我们都要学会独自面对黑暗，因为真正的伤痛是无法跟别人分享的。

曾经有过一段极其难熬的岁月。那时候，我的身体因为过度劳累而变得不堪一击，意志也变得非常虚弱，我第一次产生了被抛弃的错觉。是好朋友的一句话给了我极大的安慰，他说："请你记得，你孤军奋战着，但你也被爱着。"跟父母通电话时，母亲也敏锐地觉察到我语气中的焦躁，她对我说："孩子，在爸妈面前哭一哭，没关系的。"

对于每一位离家的年轻人来说，孤独是煎熬也是骄傲。我们都在孤独中体验着独属于自己的悲哀，偶尔也会庆幸，正是家人和朋友的陪伴，让我们在上下求索之后看到了一丝希望。

我们以最骄傲的孑然一身，承载着最热烈的怦然心动，看似是孤身一人，却从来不是孤身一人。